442

1089

Réserve

p. Ye
§ 31

LES
BAINS DE DIANE
OU
LE TRIOMPHE DE
L'AMOUR
Poëme.

Marillier inv.

E. De Ghendt Sculp.

A Paris,
Chez J.P. Costard, Rue St Jean de Beauvais.
Avec approbation et Privilege du Roi.
M. DCC. LXX.

LES
BAINS DE DIANE,
P O Ë M E.

CHANT PREMIER.

C'EST au fils de Cypris à faire nos beaux jours :
De mille ennuis divers la jeunesse suivie,
Le soin de s'aggrandir, l'esclavage des Cours ;
Tout afflige à la fois une pénible vie,
  Dont il faut adoucir le cours.
  Du sort essuyer les caprices,
  Ramper auprès d'un protecteur,
  Du Prince briguer la faveur,
  En vertus ériger ses vices ;
  Près de lui fade adulateur,
  Vil par devoir, humble par crainte,
  Sur ses goûts réformer son cœur,
Vendre sa liberté, vivre dans la contrainte ;
  Non, ce n'est pas là le bonheur.

A

LES BAINS

C'eft au plaifir d'aimer qu'on doit le bien fuprême,
Philofophe orgueilleux, va porter loin de moi
Cette froide raifon qui n'en fait qu'un fyftême ?
  Le cœur parle ; voilà la loi.
Je n'écouterai point cette vertu févère,
Ce ftoïque fâcheux dont la morale auftère
  Condamne d'innocens foupirs :
  En vain fa fageffe trop fière
D'un tendre fentiment ne fait qu'une chimère ;
Une main bienfaifante a marqué nos plaifirs.

  Faut-il ravir à la jeuneffe
  Le plus précieux des momens ?
  Il n'en eft qu'un pour la tendreffe,
  On n'eft pas toujours au printems.
  Qui peut jouir doit-il attendre ?
  A tout âge on fçait être tendre,
Je le crois un moment.... On le dit. Cependant,
Infenfé qui s'expofe à fe laiffer furprendre ;
Quand un refte de feu perce à travers la cendre,
Pour paroître & s'éteindre, a-t-il plus d'un inftant ?
L'Arbitre fouverain borna notre jeune âge ;
Chaque jour, malgré nous, il paffe à nos neveux :
C'eft l'éclair qui fe montre, & s'échape à nos yeux ;
  L'ombre qui fuit en eft l'image.

Si ce terme si court nous le rend précieux,
　　Songeons qu'il faut en faire usage.
Saisissons le présent qui nous fuit pour jamais,
　　Les plaisirs n'ont qu'un court passage:
Jouir, c'est adorer celui qui les a faits;
　　Ce n'est pas cesser d'être sage.

　　Répondez, stoïques esprits:
　　Faut-il enfin, pour le paroître,
Dédaignant des beautés dont mon cœur est épris,
Me dérober ces biens que vous n'osez connoître;
　　Présens des Dieux, plaisirs chéris,
　　Que souvent vous cherchez peut-être,
Ou que vous condamnez sans les avoir sentis?
　　Non, je suis une loi plus sûre;
La main qui m'a formé, par des sentiers fleuris,
　　Conduit mon cœur à la Nature;
　　La braver, c'est lui faire injure;
　　Peut-on être sage à ce prix?

　　Une austère philosophie
　　Doit-elle remplir une vie
　　Dont on peut embellir le cours?
　　On n'a besoin que de beaux jours:

LES BAINS

Que la mienne me soit ravie,
S'il faut la passer sans amours :
Non, le fatal ciseau d'une Parque ennemie,
Ne m'alarme point sur mon sort ;
Et les plus courts momens d'une tendre folie
Me sont plus chers cent fois que les ans de Nestor.
De ce tronc desséché qui n'offre plus d'ombrage,
Les stériles rameaux n'ont plus droit à nos soins ;
Et l'avide coignée en a marqué l'usage :
Tout cesse où naissent les besoins.
L'aurore chaque jour voit un soleil renaître :
Chaque hiver ramène un printems ;
Et chaque jour nous cessons d'être :
L'homme n'est pas de tous les temps.

Si l'Amour quelquefois, malgré les accidens,
Les maux, l'infirmité qui nous suivent sans cesse,
Semble encor réchauffer l'hiver de la vieillesse ;
Si quelque souvenir lui prête encor des sens ;
Bientôt désabusés, avec plus de tristesse
Envisageant alors le déclin de nos ans,
Tout paroît augmenter le poids qui nous oppresse,
Tout nous rend nos ennuis, & nos fers plus pesans.
Si je ne puis aimer, que faire davantage ?

DE DIANE.

Non, le plaisir n'est fait que pour les jeunes Cœurs,
La sagesse & les jeux ne sont pas du même âge,
Flore sur les cyprès ne seme point les fleurs.

    Quand les frimats du dernier âge
    Viennent glacer mes cheveux blancs ;
Je ne dois plus songer qu'à payer mon passage ;
    Je n'ai plus que quelques momens.
L'avare Nautonnier, des bords de son rivage
    Me voit, & m'a déjà compté ;
Que peut-il me rester, quand l'amour m'a quitté ?
On ne vit point heureux sans un peu de délire,
Thémire, il n'est, hélas ! qu'un temps pour s'enflammer ;
    Il n'est qu'un âge pour séduire ;
    Et quand je n'ai plus l'art d'aimer,
    Je n'ai plus droit de vous le dire.

    Aux foibles accens de ma lyre,
    J'ai besoin de mêler ta voix ;
O puissante Vénus ! viens, c'est toi que j'implore ;
    Je vais chanter tes douces loix.
Viens animer mes chants, s'il te souvient encore
Du tribut que mon cœur te rendit autrefois.
Je ne vais point, soumis à de nouvelles chaînes,
Parler de mes plaisirs, ou gémir de mes peines ;

Mais pour peindre tes jeux divers,
C'eft à ce feu facré, qui brûle dans tes veines,
Que je veux échauffer mes vers.

Deux Amours vivoient à Cythère ;
Tous deux enfans de la Beauté,
Tous deux charmans, & faits pour plaire,
L'un habita l'Olympe, & fut l'enfant gâté.
L'autre peu chéri de fa mere,
Vint donner des loix à la terre,
Et perdit l'immortalité.
Le bonheur des mortels occupa fon enfance;
Il vécut dans les champs, il vécut chez les Rois,
Et ne perdit jamais cette heureufe innocence.
Qu'on cherche près du thrône, & qu'on trouve en nos bois.
On vit, fous l'humble toit d'une fimple chaumière,
Les Dieux & les Bergers, marcher d'un pas égal;
L'immortel près de la Bergere,
Du Berger étoit le rival;
Elle n'en n'étoit pas plus fière;
Alors, le plus fincère étoit le plus heureux,
L'amour ne devoit rien au rang, au diadême,
Le fentiment faifoit les Dieux :
L'Amant qui fçait aimer n'eft-il pas Dieu lui-même?

Je le rappelle en vain . . . . Souvenirs superflus !
Ce malheureux enfant vit à peine une aurore ;
   Comme la fleur qui vient d'éclore,
Un matin la voit naître, elle n'est déjà plus.
Son destin à Paphos ne causa point d'alarmes ;
   L'Olympe ne le pleura pas,
   Il avoit peu connu ses charmes ;
   Seule sensible à son trépas,
   Diane lui donna des larmes,
Avec quelques cyprès elle orna son tombeau ;
On y grava ces mots. . . . . « La mort, dès son berceau,
« Des deux fils de Cypris nous ravit le plus tendre.
» Avec lui la vertu perdit ses plus beaux jours ;
   » Passant, viens pleurer sur sa cendre,
» Nous devons des regrets au meilleur des Amours ».

  Le plus jeune des Dieux, sans doute le moins sage,
A l'univers entier alloit donner des loix :
Souvent de son pouvoir il tiroit avantage ;
   On est indiscret à cet âge,
   L'enfant jouissoit de ses droits ;
Je règne, disoit-il, sur tout ce qui respire,
   Les cœurs, dociles à ma voix,
Vont goûter désormais les charmes d'un empire

Que la jeune Pfyché reconnut autrefois.

Content de fon bonheur on le vante fans ceffe.

Ainfi parloit l'Amour en préfence des Dieux,
  Lorfqu'une fuperbe Déeffe ,
Diane , tout-à-coup vint s'offrir à fes yeux :
Ses regards furieux annonçoient fa colère.

  Achève., jeune téméraire :
Je pardonne, dit-elle , à ta légéreté ,
  De payer , dans ta folle ivreffe ,
  Ce que ta frivole jeuneffe
  Croit devoir à fa vanité.
  Mais ceffe de vanter des charmes
  Que mon cœur ne connut jamais.
L'enfant infortuné qui mérite nos larmes ,
M'affure le pouvoir qui bravera tes traits.

  Les Dieux écoutoient en filence ;
  L'Amour interdit, incertain,
  Sembla doutet de fa puiffance ;
Mais qui fçait fe venger ne craint point qu'on l'offenfe :
Mille traits à l'inftant font partis de fa main.
O pleurs !.. O défefpoit !.. Ses traits tombent fans force ,
  Diane méchamment fourit,

Près

Près d'elle Pallas applaudit ;
En vain il redouble , il s'efforce ;
L'Olympe, en ce moment, croit son pouvoir détruit
L'enfant, tout tremblant de colère,
Regarde , menace , s'enfuit,
Et retourne en pleurant aux genoux de sa mere.
Il y voit le Maître des Dieux.
» Mon fils , séchez les pleurs qui coulent de vos yeux,
» Tout , dit-elle , est prévu ; votre vengeance est prête :
» Croyez-en mes sermens , j'en jure sur ma tête.
» Voyez au loin , voyez ces bains délicieux,
» Ces bosquets enchantés , asyle solitaire,
» Qui dérobe à vos yeux cette troupe légère
» Des Nymphes que Diane enlève à mes autels ;
» J'assure au Roi des Immortels
» (a) La jeune Calisto pour premiere victoire.
» Ses compagnes, comme elle, apprendront à leur tour ,
» Que l'on rend tôt ou tard ce qu'on doit à l'Amour ;
» Et leur Déesse ensuite assurera ma gloire.

Cependant , sur un char plus vîte que l'éclair,
Vénus ardente à la vengeance ,

(a) Calisto , Nymphe de la suite de Diane.

B

Déjà parcourt l'efpace immenfe
De la plaine humide de l'air.
Une effence pure & choifie
S'exhale de fes blonds cheveux;
Et fon corps, rafraîchi dans un bain d'ambroifie,
Parfume, & trace au loin fa route dans les Cieux.
    L'Amour au char de l'Immortelle
    Enchaîne les Ris, & les Jeux;
    Hébé les retient auprès d'elle,
    Et Cypris badine avec eux.
Jupiter lui fourit en la voyant fi belle,
Elle rit à fon tour au plus tendre des Dieux:
Il la voit un moment oublier fa colère,
    Le plaifir brille dans fes yeux;
Près d'elle ainfi l'Amour vit le Dieu de la guerre
Oublier fes lauriers pour un myrthe amoureux.

    On apperçoit déjà les champs de l'Ionie;
L'afpect de ces beaux lieux rappelle enfin Cypris:
    Elle admire d'un œil furpris
D'agréables côteaux, une plaine fleurie,
Qu'elle alloit parcourir pour la premiere fois.
    Le char dans les airs fe balance:
On confulte les lieux, & chacun en filence

Cherche à se dérober à la faveur des bois ;
  Et sans bruit Jupiter s'engage
  Dans un solitaire réduit ,
Où les rayons du jour , à travers le bocage ,
Le disputoient encor à l'ombre de la nuit.

  Partout il porte un œil avide ,
Il marche le premier , & veut servir de guide ;
Et partout la Déesse attachée à ses pas ,
Le voit , le suit de près , & ne s'éloigne pas.
Il la conduit au pied d'un rocher circulaire
Qui déroboit aux yeux des profanes humains
  Ce redoutable sanctuaire
Que Diane , elle-même , éleva de ses mains.

  Au bord d'une riante plaine ,
Que ce roc escarpé bordoit de toute part ,
  Jupiter parvient avec peine ,
Par un chemin couvert qui s'offre par hasard.
Une ouverture étroite , & d'arbres entourée ,
A l'œil le plus perçant en déroboit l'entrée :
  Des arcs , des flèches , des carquois ,
Attributs consacrés à la Reine des bois ,
Se présentent au loin , sous de vastes porsiques ,
Formés d'un double rang de colonnes rustiques.
Vers ces augustes lieux il dirige ses pas ;

       B ij

Du temple fans témoins il traverfe l'enceinte :
L'Amour à fes côtés tremble , & frémit de crainte ,
En parcourant des lieux qu'il ne connoiffoit pas.
Il raffure l'enfant, & rit de fa foibleffe ,
En amufant fes yeux par mille objets divers ,
     Quand le bofquet de la Déeffe
S'offre au fond d'un vallon, où , vainqueur des hyvers ,
     Le printems conferve fans ceffe,
Avec l'émail des fleurs, des lambris toujours verds.
Là le myrthe en berceau courbe un rameau docile ,
Qui femble aux doux plaifirs préparer un afyle ;
Et le foible jafmin qui fe mêle avec lui ,
L'enveloppe , le ferre , & le prend pour appui ;
     Et fouvent fa tige tremblante ,
Laffe de s'élever, céde à fon propre poids ,
Se replie en feftons, & revient quelquefois
Se répandre fur l'herbe auprès de l'amaranthe.

     Au pied des jeunes arbriffeaux ,
Un ruiffeau clair & pur , fur une pente douce ,
     Porte le cryftal de fes eaux
     Dans un canal bordé de mouffe,
Et va fe rendre enfin , précipitant fon cours,
Aux bains de la Déeffe , après mille détours.

A travers des tapis où croît la violette,
Suivant de près ces bords, le Roi des Immortels
    Trouve cette heureuse retraite,
Seul endroit où Cypris n'eut point encor d'autels.
A sa tête superbe il reconnoît Diane :
De leurs chastes appas étalant les trésors,
Ses Nymphes se jouoient sur l'onde diaphane,
Et ses flots amoureux caressoient leurs beaux corps.

    ·Lycoris près d'elle s'amuse,
    Et prend à la jeune Aréthuse
    Le voile qui couvre son sein ;
    La Nymphe se venge soudain,
    Et sur la surface de l'onde
Lycoris voit mouiller l'or de sa tresse blonde
Qu'Aréthuse en secret y répand de sa main.

    Non loin la touchante Agelaure
Appelle à ses accens ses amoureux oiseaux ;
Le palmier de plaisir agite ses rameaux ;
    Et bravant le Dieu qui l'adore,
La sensible Syrinx (a), du sein de ses roseaux,
    Renaît pour l'écouter encore.

(a) Syrinx, pour se soustraire aux poursuites du Dieu Pan, implora Diane, qui a métamorphosa en roseau.

La Dryade attentive abandonne les bois ,
Croyant entendre Philomèle ;
Et le timide Pan , loin d'elle ,
Dans son antre caché , danse au son de sa voix.

Jupiter incertain voit tout avec ivresse ,
Chaque Nymphe à la fois porte un trait qui le blesse ;
Son cœur avec ses yeux se laissant emporter ,
Se promène , comme eux , sans pouvoir s'arrêter.
Tel l'Amant de la jeune Flore ,
Aussi sensible que léger ,
Dans ses jardins charmans amené par l'Aurore ,
Est volage cent fois avant de s'engager.
Mais quel objet divin se présente à sa vue !
Une Nymphe livrée aux douceurs du repos ,
Sous un feuillage épais couchée , à demi nue ,
Se dérobe dans l'ombre à la fraîcheur des eaux.
Morphée a fermé sa paupière ,
Elle dort ; un lit de fougere
La reçoit avec volupté ;
Son sein , doucement agité ,
Aux yeux de Jupiter expose
Mille charmes naissans , dont ils sont éblouis.
Le tendre bouton de la rose

Perce fur la blancheur des lys ;
Et de fes noirs cheveux les boucles étendues
Se perdent dans les fleurs fous fa main répandues.
Des lèvres de corail, l'albâtre de fon teint,
Tout enchante ce Dieu, le pénètre & l'enflamme.

    Jupiter au fond de fon ame
    Sent le trait dont il eft atteint.

Si Califto, dit-il.... Peut-elle être auffi belle ?
Mais fes vœux font remplis; il apprend que c'eft elle :
    » Oui, c'eft elle, répond Cypris :
» Mais craignez d'écouter une ardeur indifcrette,
» Refpectez la beauté dont vous êtes épris :
» Attendez que la nuit dans fon ombre fecrette
    » Éteigne le flambeau du jour.
    » Le grand jour nuit à la tendreffe ;
» Ses rayons importuns alarment la fageffe :
    » La nuit eft faite pour l'Amour.

La Reine de Paphos voyoit de fa victoire
    Approcher le moment heureux ;
    Mais le Dieu, trop impétueux,
Alloit par fes tranfports mettre obftacle à fa gloire ;
Amant impatient, cent baifers amoureux
Pris fans ménagement à fa Nymphe adorable,

L'arrachant au sommeil, pouvoient trahir ses feux ;
Diane encor au bain étoit devant ses yeux :
       La nuit étoit plus favorable ;
Elle sert mieux Cypris, & convient à ses jeux.

       Ces soins occupoient l'Immortelle,
       Quand Diane parut enfin,
Sortant du sein des eaux, & non loin du bassin
       Rappellant ses Nymphes près d'elle.
       L'Amour s'étonne à son aspect ;
Son front majestueux commandoit le respect.
A la servir déjà chaque Nymphe s'empresse,
Et desire un regard de la fière Déesse :
       Déjà des parfums précieux
Remplissent des flacons délégante structure,
Et coulent à grands flots sur un lit de verdure,
       Où la fille du Roi des Dieux
Vient, en sortant du bain, arranger sa parure.
       Déjà de ses doigts délicats,
Elle forme les nœuds de sa belle ceinture,
       Et cache ses chastes appas,
Sous un manteau tissu par les mains de Pallas.
Sa longue chevelure où le zéphir badine,
       Tombant de sa tète divine,

                                          Lui

Lui donne plus de majefté :
Le feu de fon croiffant fur fon front étincelle ;
Cet augufte attribut de fa divinité
 Lui prête une grace nouvelle ;
Et paroît ajoûter à fa noble fierté.

 Mais la nuit, étendant fes voiles,
La rappelle bientôt au féjour des étoiles.
Le foleil difparoît ; fes fiers courfiers encor
De leur brûlante écume ont blanchi l'onde amère ;
Diane fend les airs fur fon char brillant d'or,
 Et la lune (*a*) éclaire la terre.

 Vénus faifit avec tranfport
Ce moment qu'elle attend avec impatience ;
 Et lorfque fur des lits de fleurs
 Les Nymphes goûtent en filence
D'un tranquille fommeil les premieres douceurs ;
 Prêt à percer ces jeunes cœurs,
 Son fils auprès d'elles s'avance :
 Volez, dit-elle, à la vengeance,
Frappez, mon fils, frappez, & vos traits font vainqueurs.

(*a*) Diane, dans le Ciel, s'appelloit *Lune*, ou *Phœbé*.

C

Ce Dieu fuit la voix qui l'anime,
A l'inftant fon bras eft armé.
Il frappe ; à chaque trait une douce victime,
Sans fe plaindre , fubit la peine de fon crime ;
(Si c'eft un crime , hélas ! de n'avoir point aimé.)

Mais tandis que , flatté du fuccès de fes armes ,
Ce Dieu voit fon triomphe , & qu'il goûte fes charmes ;
       (On dit que cet enfant jamais
N'a trouvé fon bonheur qu'aux maux qu'il nous a faits:)
Par de fecrets defirs chaque Nymphe emportée ,
Éprouve des plaifirs , ou des tourmens nouveaux.
Ces troubles inconnus , dont l'ame eft agitée ,
Sont, quand on les ignore , & des biens & des maux.
Inquiet s'il jouit, tourmenté s'il defire ;
Voilà les maux du cœur dans l'âge où l'on foupire :
Mais cette inquiétude , & cet élancement
       De l'ame qui vole à fon être ;
Ces divines langueurs , ce doux frémiffement ,
       Le plaifir heureux de connoître ,
       Sont l'aurore du fentiment ,
       Et fon plus beau moment peut-être.
Nature , tu le dis ; je le crois aifément.

La jeune Califto , dans ce nouveau délire,
Interrogea fon cœur , elle écoutoit fa voix;
Il lui parla d'amour pour la premiere fois ,
    Hélas ! que pouvoit-il lui dire ?
Incertaine & timide , en ce même moment,
En prononçant fon nom , elle veut s'y méprendre ;
    Et quand lui feul fait fon tourment,
Tremblante à l'accufer du mal qu'elle reffent ,
Elle en cherche la caufe , & craindroit de l'apprendre.

    Ses Compagnes dans ces forêts ,
Où par le tendre Dieu tout agit , tout refpire ,
Où tout vient d'être enfin foumis à fon empire ,
Veulent comme elle encor fe tromper à fes traits.
Ainfi rien n'eft certain pour les ames timides ,
    Tout leur femble un piége impofteur
    Préparé par des mains perfides ,
    Tout fait trembler un jeune cœur.

    Dites, fexe craintif, d'où vient tant de frayeur ?
    Ce Dieu qu'on fe plaît à nous peindre
    Sous des traits fi chers à nos yeux,
    Pourroit-il être un monftre affreux ?
Ce qu'on ne connoît pas a-t-on droit de le craindre ?

Fragile Humanité , qui peut te définir ?

Souffre qu'en ce moment contre toi je dépose.

Faire du bien un mal , & du mal un plaisir ,

Chercher , croire , douter, & ne sçavoir jouir ;

      Dis-moi , faisons-nous autre chose ?

      Chacun a son opinion ,

      Et chacun à son gré dispose ?

Chacun a ses travers qu'il érige en raison :

L'un croit qu'à son sçavoir tout doit créance entière ,

      Et portant un œil curieux

Sur ces objets divers interdits à nos yeux ,

Fronde ces vérités que l'école révère ,

Plonge l'ame au néant pour ennoblir les sens ;

      Répand au sein de la matière ,

      Des atômes intelligens ,

      Qui , par un concours arbitraire ,

      En ordonne les mouvemens ;

      Détruit ces rapports nécessaires ,

Qui composent ce tout des deux êtres contraires ,

Dont l'éternel moteur fait mouvoir les ressorts ;

      Donne des loix à la Nature ,

      Attente au systême des corps ,

Sur chaque point enfin forme sa conjecture.

      Ici le fait est disputé ,

L'évidence devient problême ,
Et l'axiôme est contesté.
Là tout est, à la fois , bien & mal en foi-même ,
Là vertu n'est qu'un mot , l'honneur n'est que fystême ;
La morale est un piége à la fociété.

Créateurs infenfés , qui peut , fans défiance ,
De vos cerveaux pleins de démence ,
Attendre une fage leçon ?
Ce n'est qu'à vos travers que j'inftruis ma raifon ?
Avec ce guide fûr je marche fans rien craindre ,
Et j'abjure ce vain fçavoir ,
S'il ne doit fervir qu'à l'éteindre.
Je trouve mieux enfin mon compte à ne point voir,
Je fçais que l'Eternel fit pour moi la lumière ,
Je lui dois ces moiffons dont il dora nos champs ;
Je vois autour de moi des corps, une matière ;
La mer m'offre en fon fein millions d'habitans,
Si tant d'objets trompent mes fens,
Au foin de percer ce myftère ,
Je ne fçais point donner des efforts fuperflus.
Mon erreur ne m'importe guère ,
Que me fait une ombre de plus ?

Je fçais fans calcul , fans fcience ,
Je fçais qu'il eft pour moi , s'il eft une équité ,
Ou châtiment , ou récompenfe ,
Après un terme limité.
Cet efpoir féduifant m'anime & me confole :
De n'être qu'un être frivole
Eft fâcheux à l'Humanité.

Un heureux avenir , eft le repos du fage ;
Il l'attend fans frayeur , & fans empreffement :
Le paffé le raffure , & même l'encourage ,
Et pour en faire un noble ufage ,
Il jouit de l'inftant préfent :
Avec tranquillité traverfant cette vie ,
Il cueille , en fon chemin , & des fruits & des fleurs ;
Et fans crainte attendant qu'elle lui foit ravie ,
Il voit autour de lui les glaives deftructeurs ,
Et fans les redouter jamais ne les défie.
D'une fauffe philofophie ,
Comme lui je fuis les erreurs ;
Ces talens de l'efprit auxquels on porte envie ,
Sont-ils notre premier devoir ?
Le fage n'en voit qu'un , la premiere fcience
Eft de former fon cœur ; c'eft par lui qu'il commence ;

Et qui fçait être bon, n'a plus rien à fçavoir.

Mais quittons un chemin qui mene à la fatyre ;
Laiffons à fes travers la foible humanité.
Mon but eft de conter, je ne fçais pas inftruire :
  Je refpecte la liberté.
  Laiffe là ta froide morale,
  Ma mufe, où vas-tu t'engager ?
  Les triftes leçons qu'elle étale
  Bleffent fouvent fans corriger;
Reprends cette gaité dont je fuis idolâtre.
L'Amour, des Ris, des Jeux fans ceffe environné,
  T'impofe cette humeur folâtre,
Qui femble en ce moment m'avoir abandonné.
Près de ces bains facrés, dont il a fait fon temple,
  Sa voix vient de me rappeller ;
  L'Olympe attentif le contemple,
Sa main pare l'Autel, hâtons-nous d'y voler :
  Déjà la victime s'avance,
Le facrifice eft prêt, & l'encens va brûler.

Amour, dicte mes vers, ma carrière commence.

Mais fi je fuis tes pas au temple des plaifirs,

Du moins, si je ne les partage,
Ou fais-moi grace des desirs,
Ou songe qu'ils sont ton ouvrage.
Ajoûte encor cette faveur,
Tu la dois à mon tendre hommage
Je ne demande qu'une fleur.

Vainement je t'appelle ; enivré de ta gloire,
Tu dédaignes ma voix : la main de la victoire,
Au sein de cet heureux séjour,
Va t'offrir le laurier qui doit ceindre ta tête,
Le Roi des Immortels vient hâter ta conquête ;
Jouïs, Dieu de Paphos ; voilà ton plus beau jour

Chaste Reine des bois, en vain à son empire
Tu prétends dérober les Nymphes de ta Cour.
Les vœux de tout ce qui respire,
Sont dûs à la mere d'Amour.
Ne fuyez plus, Beautés craintives ;
Si le fils de Cypris s'avance sur ces rives,
Il s'offre avec tous ses attraits :
Epargnez d'innocentes bêtes
Dont le sang rougit ces forêts ?
De couronnes de myrthe, on va ceindre vos têtes,

Et

Et pour fe mêler à vos fêtes ,
Diane va quitter & fon arc & fes traits.

Et vous dont le tendre ramage
Chante ce Dieu charmant fous ce naiffant feüillage ,
Taifez pour un moment , taifez encor vos chants.
Le plus fortuné des Amans,
Sur les pas de Cypris , s'avance en ce bocage.
Ne troublez point les lieux qu'elle vient embellir :
Songez que l'innocence inquiéte , craintive ,
Qui tremble au moindre bruit , qui ne fçait que rougir ,
Souvent en le cherchant , fuit devant le plaifir.
C'eft la timide Senfitive ,
Qui toujours délicate , & craignant le toucher ,
S'échappe fous la main qui cherche à l'approcher,
Refpectez cet heureux filence ;
Califto repofe en ces lieux :
C'eft le maître des Dieux qui près d'elle s'avance,

Quel fpectacle s'offre à fes yeux !
Un thrône de verdure , où la Nymphe repofe.
Son teint qu'embellit le defir ,
Une bouche encor demi-clofe ,
D'où s'échappe un tendre foupir :

D

Un fein où, fur les lys, perce un bouton de rofe,
Que fit naître l'Amour pour la main du plaifir. . . .
À cet afpect le Dieu fent le trait qui le bleffe;
Sous un voile flottant où s'échappe fa main,
De cent tréfors charmans qui caufent fon ivreffe,
Ses régards attentifs lui marquent le larcin ;
Chaque attrait qu'il découvre emporte une careffe.

    Déjà fon triomphe eft certain :
    Le Dieu qui treffe fa couronne,
    L'avertit qu'il peut tout tenter;
    Il va jouir, l'Amour l'ordonne;
    Et déjà je le vois au thrône
    Où l'Amant heureux doit monter.

Califto recevoit cet immortel hommage;
    Il étoit fait pour fes attraits :
    Ainfi par fes plus doux bienfaits,
    L'Amour fe vengeoit de l'outrage
    Qu'elle avoit fait à fes autels.
    Abandonnée à la Nature,
    Sans que fon ame en foit moins pure,
Elle doit fe foumetre aux décrèts immortels.
Elle ne fe plaint point du tourment qu'elle endure.
    Amour, fa premiere bleffure

Partoit du plus doux de tes traits ;
De ce tourment heureux se plaignit-on jamais ?
Quand le Ciel le partage avec la créature,
N'est-il pas le plus cher des dons qu'il nous a faits ?

Le plus puissant des Dieux la combloit sans mesure ;
Mais ce charme si doux, tant de fois repété,
  Dans ce sommeil qu'Amour prolonge,
  Passe pour l'erreur d'un vain songe,
  Non pour une réalité.
A son réveil encor, dans son cœur agité
  De l'ivresse où ce Dieu la plonge,
Elle s'écrie : hélas ! si tant de volupté,
  Si tant de bien n'est qu'un mensonge,
  Qu'est-ce donc que la vérité ?

  Penser qu'une seule victoire
  De l'Immortel borna les vœux ;
  Ce seroit offenser sa gloire.
Que nos froids Adonis, n'en jugent point par eux.

Aux pieds du jeune objet dont-il parcourt les charmes,
Déjà son cœur léger brûle de nouveaux feux ;
  Et de cent combats amoureux,

      D ij

Où cent jeunes beautés lui fourniſſent des armes,

    Il reçoit le prix glorieux.

    Il voit Hyale , il eſt heureux :

    Lycoris lui paroît plus belle ;

    Dans ſes bras, où l'Amour l'appelle ,

    Nouveau laurier eſt remporté :

    Toujours une beauté nouvelle ;

Toujours nouveau triomphe à l'autre eſt ajoûté.

    A ſes côtés l'Amour s'étonne ;

Sur un myrthe voiſin il marque avec un trait

    Chaque fleur que ce Dieu moiſſonne ;

Pour la premiere fois il en fit un ſecret.

Si ce n'eſt qu'à ce prix qu'on gagne une couronne ,

    Il lui ſiéd bien d'être diſcret.

    Sur ce point un peu de franchiſe :

    Laiſſons ces Héros ſi vantés ;

    Ces miracles , quoi qu'on en diſe ,

    Chez eux ne furent point comptés.

    Laiſſons publier à l'hiſtoire

L'incroyable récit de ces exploits fameux

    Qu'on envie, & qu'on n'oſe croire ;

    Et n'affligeons point nos neveux.

    Heureux qui ſçait , ou qui peut être

Une fois heureux en un jour !

J'ai couru quelquefois aux campagnes d'Amour,
J'ai cueilli les lauriers que sa main y fait naître ;

Toujours content, à mon retour,
Du prix d'une seule victoire,
Je ne forme point d'autres vœux ;
J'applaudis à de plus heureux :
Pour l'être, faut-il tant de gloire ?
Un seul instant de volupté

Vaut cent succès gravés au temple de mémoire ;
Je le goûterois moins, s'il étoit repété.

Excès en tout nuit & nous blesse :
En Amour, trop de liberté
Du plaisir affoiblit l'ivresse,
Et mene à la satiété.
Qui paye un tribut de tendresse
A chaque objet qui sçait charmer,
A-t-il un cœur fait pour aimer ?
Il s'acquitte avec sa jeunesse.
Un cœur trop prompt à s'enflammer,
Est toujours sans délicatesse.
Jamais tendre, toujours épris,
Toujours une nouvelle chaîne ;

Il la prend aisément, il la quitte sans peine ;
D'un tendre engagement il connoit peu le prix.

Le Sage veut jouir avec économie :
Pour l'inſtant préſent, un plaiſir;
Pour l'inſtant qui ſuit, un deſir ;
C'eſt toute ſa philoſophie :
Eſt-ce être ſage ? Eſt-ce jouir ?

Mais ne ſaurai-je te bannir,
Importune Raiſon ? Que fais-tu ſur mes traces ?
Reſpecte les Jeux de Cypris;
Ton aſpect fait pâlir les Graces,
La Sageſſe à côté des Ris
Ne ſçut jamais prendre ſa place.
L'une eſt de feu, l'autre de glace.
Le tendre Amour folâtre; à peine tu ſouris.
Sur mes pas toujours ramenée,
Pourquoi de mes plaiſirs viens-tu troubler le cours ?
Fuis loin de moi, fuis pour toujours.
Ma Lyre déſormais aux Amours conſacrée,
Ne veut chanter que les Amours.

Un murmure plus doux a frappé mon oreille :
Au bruit de cent baiſers charmans
Déjà Philomele s'éveille :
Elle vient y mêler ſes chants.
Pour le plaiſir d'aimer tout prend ici des ſens.

Roulant à petits flots une onde claire & pure,
Qui s'éloigne à regret après mille détours;
    Ce ruisseau paisible en son cours,
    Parmi les fleurs & la verdure,
    Porte tendrement ses amours:
Il échauffe son lit en murmurant sa flamme.
Tout semble s'animer près de ses bords chéris;
Ces arbres, ces gasons, tout semble prendre une ame:
(a) L'Anémone respire, & s'ouvre vers Cypris.
L'Amour vient s'agiter sur sa tige tremblante,
Et l'odeur qu'elle exhale est encor un soupir,
Que le tendre Adonis porte vers son Amante.
Auprès d'elle le lierre à l'ormeau va s'unir:
    Déjà leurs branches confondues,
Dans leurs enlacemens se serrent de plaisir.
Parmi l'émail des fleurs les Nymphes répandues,
Se livrent au repos sous leurs berceaux naissans,
    L'embarras de paroître nues
N'allarme point encor ces ames ingenues:
Il n'est point de remords pour des cœurs innocens.
Tout s'anime, tout prend une forme nouvelle,
Je n'apperçois par-tout que des autels épars.

(a) Adonis fut métamorphosé, par Vénus, en Anémone.

L'Amour fur des monceaux de dards
Me fourit , & battant de l'aîle ,
Brûle de chanter fes exploits;
Mais je ne l'entends qu'avec peine.
Le cou penché fur fon carquois ,
Doucement il reprend haleine ;
Et je vois tomber fon hautbois.

C'eft le calme qui fuit la gloire ,
Qui fait oublier fes travaux :
Craignons de troubler fon repos ,
Il ne fuivit jamais de plus belle victoire.
Cent Nymphes , à l'envi , lui dreffant des autels ,
Ont brûlé l'encens à fa mere :
Il ne lui refte plus qu'une conquête à faire.
Jupiter a rempli les décrèts immortels.

Vous qui bravez l'Amour ! fexe doux , fexe aimable ,
Ceffez de déguifer fes traits.
Vous faites d'un enfant un monftre redoutable ,
En lui fuppofant des forfaits ,
Dont il ne fut jamais capable ,
Que fon cœur ne connut jamais.
Sous les traits d'un barbare , a-t-on pu vous le peindre ?

Il a votre douceur, il est fait comme vous ;
Eglé, rassurez-vous , & cessez de le craindre :
On ne peut être un monstre avec des traits si doux.
  Si quelquefois sa main divine
Mêla quelque poison à ses tendres faveurs ,
Il n'en porte pas moins le charme dans nos cœurs.
  La rose, malgré son épine,
  Est toujours la Reine des fleurs.
  Aimez pour le bonheur de l'être,
On ne résiste point à ce charmant attrait ;
  Le Dieu que vous n'osez connoître ,
Se venge, tôt ou tard, du larcin qu'on lui fait.

  Suivez ce Dieu charmant dans le fond d'un bocage ,
Laissez ces toits dorés où le luxe l'endort ,
Et comptez les heureux qu'il a faits au village,
  C'est-là qu'on le retrouve encor.
  Suivez sur la verte fougère ,
  Dans les travaux & dans les pleurs ,
  Le Berger, loin de sa chaumière,
  Des saisons bravant les rigueurs ;
  Le soir , de retour au village,
  Il revoit sa chère moitié ;
Plus de soins , plus de maux ; l'amour & l'amitié
       E

Chaffent les foucis du ménage :
La Bergère qui les partage ,
De fa table fervie avec fimplicité ,
Avec un peu de vin chaffe la pauvreté ;
Et le Berger reprend courage.
Aux plaifirs d'un doux badinage ,
Bacchus , ami de la gaité ,
Rappelle le froid hymenée ;
Chacun d'eux regne tour-à-tour,
Et tous les maux de la journée
Sont oubliés enfin avec un peu d'amour.

On fent peu le poids de fes chaînes ,
Quand la main du plaifir y mêle quelques fleurs :
Un inftant de bonheur chaffe un fiécle de peines ,
Le préfent en amour a feul droit fur les cœurs.
Vous ne connûtes point cet enchanteur aimable ,
Ame infenfible & vaine , efprit ambitieux ;
Vous vanter fes bienfaits , c'eft vous dire une fable ;
Plus je l'embellis à vos yeux ,
Et plus je vous parois coupable.
Superbe & vil jouet d'une lâche fierté ,
Ne facrifiant qu'à l'idole
Qu'encenfe votre vanité,

Vous vous croyez rempli d'un objet moins frivole.

Si, dans l'ennui de vos loifirs,

Quelque defir encor vous agite & vous preffe,

Jouiffant fans délicateffe,

Et dédaignant le prix des amoureux foupirs,

Comme vous êtes fans tendreffe,

Vous êtes toujours fans plaifirs.

Plaifirs muets, jamais d'ivreffe,

Jamais de douce volupté;

Plaifirs que compte la jeuneffe,

Excès dont on fait vanité,

Prodiges, s'il en eft, de force, de fanté,

Vous n'avez rien qui m'intéreffe;

Rien dont je puiffe être flatté.

Inftinct, brutalité, dégradent mon efpèce;

Pudeur, maintien, fageffe, honneur,

Vous êtes des fujets de mépris, ou de blâme!

Sincerité, candeur, dons fublimes de l'ame,

Vous n'avez plus d'autels dans ce fiécle impofteur!

Beaux jours de Saturne & de Rhée,

Non, ce n'eft que chez vous qu'a regné la vertu;

Ce n'eft que parmi vous qu'elle fut adorée :

Siécle heureux !... Qu'eft-il devenu?

On ne vit point chez vous les noires perfidies,
Les complots criminels, les baſſes jalouſies,
Les ſoupçons outrageans qu'enfantent les erreurs,
    Le froid dégoût, ni les caprices,
La ſombre inquiétude, avec les injuſtices,
Ni la légéreté qui trafique des cœurs;
Vous aviez nos penchans, ſans avoir nos fureurs.
Vous n'aviez point nos mœurs; & faut-il que nos vices,
    Nos travers, nos excès, nos goûts;
Faut-il que vos vertus, ou plutôt nos chimères
    Vous aient placés ſi loin de nous?
S'il eſt quelque candeur, elle n'eſt que chez vous.
    Simples Bergers, ſous vos chaumières,
    Dans vos hameaux, ſur vos fougères,
    Elle eſt au fond de vos forêts,
    Ou dans le cœur de vos Bergères;
    Serment d'aimer dure à jamais,
    Vos Maitreſſes vous ſont fidelles:
    Vos amis vous aiment comme elles,
    Et ne vous manquent point de foi.

Heureux, heureux Berger! la Nature eſt ta loi.
Toujours content d'un bien que chez nous on ignore,
Tu jouis ſans deſir; chaque matin l'aurore

Te ramène un beau jour, qui ne luit que pour toi.
Contemple ce soleil dont l'éclat t'environne ;
Il brille pour toi seul au milieu de tes bois ;
Et, lorsque la vertu n'est pas auprès du trône,
Ce n'est qu'avec regret qu'il éclaire les Rois.

      La fleur qui naît dans la prairie,
Pare chaque matin ta Bergère chérie ;
De ce simple ornement elle fait vanité :
      De l'amour seul il est l'ouvrage.
      Parmi nous la simplicité,
      Ecueil de la fidélité,
      Pour nos Belles est un outrage.
Un tarif règle tout : le revenu de l'âge,
Le produit des talens, de la célébrité,
      Riches dons, prodigalité,
      C'est-là le véritable hommage ;
      C'est à ce prix que l'on s'engage :
      Mais si l'on vend sa liberté,
      Pour adoucir son esclavage,
      Il est des plaisirs de passage,
      Qu'on satisfait à volonté ;
      Du poids de sa captivité,
      Il faut bien qu'on se dédommage,
      Par goût, ou par légéreté,

Par fantaifie & par ufage :
Et pour chacun enfin chaque inftant eft compté.
Coquettes par penchant, fenfibles par étude,
Infidelles fans paffion,
Careffantes par habitude,
Elles nous flattent par raifon.
Laure a calculé fa jeuneffe,
Sur les revenus de Damon,
Et l'a ruiné par tendreffe.
Le Marquis refte avec un nom,
Des regrets & de la mifère,
Bourreaux de la réflexion.
On veut bien par compaffion
Tirer Damon de la pouffière,
Lui rendre fon état ; enfin,
Par grace on accepte fa main ;
Le malheureux Marquis n'a rien de mieux à faire.
Pour Laure ; comme on dit , elle fait une fin :
Son néant difparoît au fein de la richeffe,
(Car c'eft l'or aujourd'hui qui donne la nobleffe ;)
Mais a-t-elle plus de vertu ?
Vit-elle avec moins d'indécence ?
Laure vit comme elle a vécu ;
On n'eft pas fans vertus au fein de l'opulence.

Tous ſes travers ſont effacés ;
Elle a celles que l'on encenſe :
Laure n'eſt plus dans l'indigence,
Elle a des titres ; c'eſt aſſez.

Toi, qu'en rougiſſant on careſſe,
Lâche objet du mépris & des vœux des mortels,
Vil Plutus ! juſqu'à quand verras-tu tes autels
Fumer du faux encens que t'offre la foibleſſe ?
Quand, au mépris de la vertu,
De ton pouvoir triſte victime,
Ce cœur pervers & corrompu
Va t'offrir cet encens qu'il a cru légitime ;
En s'ouvrant une route à tes riches palais,
Par l'impoſture & par le crime,
Croit-il qu'un vil métal ennoblit ſes forfaits ?
Par toi ſeul entraîné dans des erreurs perfides,
Qu'attend-t-il de ſa vanité ?
Conduit par d'infidèles guides,
Il vole à la frivolité,
Preſque toujours à la baſſeſſe,
Et ſouvent à l'iniquité.
Oubliant ſa délicateſſe,

L'homme de loi , dans son ivresse ,
Immole , & soumet tout à sa cupidité.
L'or brise l'échaffaud dressé par la Justice ;
L'Orphelin opprimé réclame en vain ses droits ;
Le coupable indigent, conduit à son supplice ,
N'apprend qu'à ses pareils qu'il est encor des loix.

L'or jusqu'au fond des cœurs sçait s'ouvrir un passage.
L'avare citoyen vend sa fidélité ;
Le téméraire adroit met à prix son courage ;
Le puissant , son autorité.
Et vous , sexe enchanteur , à qui tout rend les armes ,
Faut-il , hélas ! que , parmi nous ,
Les dons précieux de vos charmes
Ne soient pas toujours dûs à nos soins les plus doux ?

Que deviennent aux yeux du sage
Tes erreurs & tes vains plaisirs ,
Trompeuse vanité ? Tous les trésors du Tage
Ne sont pas faits pour ses desirs.
Méprisant dans son cœur leur frivole avantage ;
S'il songe au moyen d'acquérir ,
De ses talens s'il fait usage ,

Des

Sa vertu n'a point à rougir.

L'honneur qui le conduit fans cefle,

Sait fauver fa délicateffe

Des piéges de la pauvreté ;

Et , dans fa médiocrité ,

Si des projets brillans occupent fa penfée,

A de lâches détours interdifant l'accès ,

D'une démarche heureufe il quitte le fuccès,

Quand fa jufte fierté croit en être bleffée.

Si le cours de la vie eft un tiffu d'erreurs ;

Si les vains préjugés , les titres , les grandeurs ,

Sur un fi court paffage ont femé tant de fonges,

Pourquoi nous amufer d'inutiles menfonges ?

Pourquoi s'occuper vainement ?

Phantômes voltigeans dans la nuit azurée,

Vous êtes à nos yeux l'image du préfent :

Comme vos faux brillans , il a peu de durée.

Puifqu'un terme fi court en augmente le prix ,

Fuyons d'indignes fers ; & fixant fur nos traces ,

Les Ris, l'Enjoûment & les Graces,

Allons cueillir les fleurs du jardin de Cypris.

F

Les roses du plaisir naissent pour la jeunesse ;
    C'est elle qui doit les cueillir.
Abandonnons les lys à la pâle sagesse ;
    Et ne songeons point à vieillir
    Avant le tems de la vieillesse.

Fin du premier Chant.

C.P. Marillier inv.   N. Ponce Sculp. 1769.

CHANT SECOND.

LE char brillant du Dieu du jour.
A recommencé sa carrière ;
Déjà sa jeune avant-courière
Revient annoncer son retour.
Faune, sous son toit solitaire,
Voit l'astre qui se reproduit ;
Il quitte son lit de fougère ;
Et déjà la Nature entière
Perce le cahos de la nuit.
Le soleil dore les montagnes :
Le Berger, du fond des hameaux,
Ramène, en chantant, ses troupeaux,
Qui viennent blanchir les campagnes.
Cérès rassemble ses compagnes ;
Et, du sein glacé de ses eaux,
Ouvrant son humide paupière,
La Nayade avec la Bergère
Vient se jouer sur les roseaux.
Eglé badine avec Siléne ;
L'oiseau timide a pris l'essor :

Diane, au bruit des cors, reparoît dans la plaine :
Ses Nymphes à fes yeux ne s'offrent point encor.

    En vain dans fon impatience,
Sa voix s'eft fait entendre aux échos d'alentour ;
Vers les bofquets facrés enfin elle s'avance :
Elle veut elle-même annoncer fon retour.

    Quel fpectacle pour l'Immortelle !
Agelaure dormoit fur un lit de jafmin :
Mille fleurs à l'envi fembloient naître autour d'elle,
Et difputer l'honneur d'approcher de fa main.
    Tantôt fous le tiffu d'une gafe légère,
    Qui cachoit à demi l'albâtre de fon fein,
    Les volages zéphirs, par leur fouffle badin,
Découvroient des tréfors inconnus à Cythère ;
    Et dans l'or de fes blonds cheveux,
    Tantôt leurs folâtres haleines,
Par mille jeux divers alloient chercher des chaînes,
Que le fils de Cypris ne fit que pour les Dieux.
    Près d'elle Zulis (a) étendue,
Serre Hyale en fes bras, &, le cœur agité,
D'amour & de defir paroiffoit éperdue.
    Son âme, ivre de volupté,

_____

(a) Zulis & Hyale, Nymphes de la fuite de Diane.

DE DIANE.

Goûtant dans le charme d'un songe,
L'ombre du vrai bonheur pour la réalité,
Demandoit, dans ce doux mensonge,
Une plus douce vérité.

De la fière Junon ainsi la fausse image
De son crédule Amant favorisoit l'erreur ;
Dans l'ivresse de son bonheur,
En ses bras il presse un nuage,
Et couvre de baisers un phantôme trompeur.

Dans ce transport brûlant d'un tourment qu'elle ignore,
Zulis croit être enfin à son dernier soupir ;
» Barbare & tendre Dieu, viens, c'est toi que j'implore :
» Viens, acheve, dit-elle ; ou Zulis va mourir.

Rassûrez-vous, Zulis ; ce feu qui vous dévore
Ne causa jamais le trépas.
L'Amour souvent, peut-être, a commis plus d'un crime ;
Mais lorsque sur l'autel il place une victime,
Il la couvre de fleurs, & ne l'immole pas.

Connoissez l'âge heureux où l'on commence à naître.
Le tourment de cet âge est celui de sentir ;

Le matin de la vie amène un nouvel être :
La Nature s'éveille à l'inſtinct du plaiſir.
Le feu du ſentiment échauffe le deſir ;
L'âme qui s'ignoroit, demande à ſe connoître,
Et le cœur emporté ne cherche qu'à jouir.

Mais lorſque d'un regard avide,
Je parcours ce charmant tableau ;
Tandis qu'à le tracer, la main du plaiſir guide
Les traits de mon tendre pinceau,
Chaque Nymphe a repris les armes,
Diane impatiente a donné le ſignal.
Cruel moment ! Ordre fatal !
Les bois pour elle ſeule offrent encor des charmes.
Elle marche à leur tête : un carquois de vermeil,
D'où partent des rayons qu'enviroit le ſoleil,
Tombe négligemment, & couvre ſa ceinture.
On y voit Actéon (a), qui, baigné de ſes pleurs,
Les confond avec l'onde pure
Qui lui retrace ſes malheurs.
Il croit un jeu de la Nature,
Ce changement ſubit qu'il voit au fond des eaux :

(a) Actéon, métamorphoſé en cerf par Diane, pour l'avoir ſur-
priſe dans le Bain.

Mais ſes traits ſont changés; ſa blonde chevelure,
Sur ſon front effacé, ſe transforme en rameaux.

    Diane, du ſein des roſeaux,
Paroît, en le voyant, pouſſer des cris de joie.
Ce malheureux, enfin, prêt à finir ſon fort,
Sembloit en ce moment, pour éviter la mort,
Nommer encor ſes chiens, dont il devient la proie.

    Un autre côté du carquois
Offre le tendre Amant de la fière Aréthuſe (a);
Il eſt à ſes genoux, la Nymphe le refuſe :
Elle fuit, il l'appelle ; elle eſt ſourde à ſa voix;
    Et l'Immortelle qu'elle implore,
La ravit au Berger qui la pourſuit encore.
    Plus loin, un fleuve impétueux
    Arroſe une riante plaine :
Sur le lit argenté d'une claire fontaine,
    Il porte ſes flots amoureux.
C'eſt le ſenſible Alphée, & ſa Nymphe chérie;
Elle n'évite plus l'Amant qui la pourſuit :
Ils ſe mêlent enſemble au ſein de la prairie,
    Où le Dieu d'amour les conduit.

_____

(a) Compagne de Diane qui la changea en fontaine, pour la
ſouſtraire aux pourſuites d'Alphée.

Sur ce carquois encore eſt la Nymphe cruelle
Qui du Dieu des Bergers rejetta les ſermens.
Sous un nuage épais qu'une main immortelle
Oppoſe à ſes embraſſemens ,
(a) Syrinx eſt dérobée à l'objet de ſa haîne.
Le Dieu qui la pourſuit , dans ces affreux momens ,
La demande aux échos en leur contant ſa peine;
Et la cherchant au fond des eaux ,
Cet Amant malheureux , au lieu de l'inhumaine ,
N'y voit qu'une forêt d'inſenſibles roſeaux.

Enfin , on voyoit Hippomène
Adreſſant ſes vœux à Cypris ;
Certain de la victoire , & jouant ſur l'arène ;
De ſon heureux ſuccès il demande le prix :
Quand , victime de l'artifice
Qui vient de ralentir ſes pas ,
Atalante (b) déjà voit au bout de la lice
Ce ſuperbe vainqueur qui lui tendoit les bras.

(a) Syrinx changée en roſeau par Diane , pour la ſouſtraire au Dieu Pan.

(b) Atalante vaincue à la courſe par Hippomène , au moyen des pommes d'or du jardin des Heſpérides.

Avec

Avec ces immortelles armes,
Diane s'enfonçoit dans l'épaisseur des bois ;
Mais ses Nymphes déjà n'y trouvent plus les charmes
Qu'elles y goûtoient autrefois.
On n'y voit plus Zulis suivre d'un pas agile
Les animaux tremblans qui fuyoient à sa voix ;
Son carquois devient inutile :
Près d'elle le chevreuil tranquile,
Semble braver la main qui portoit le trépas.
L'oiseau chante sous la verdure,
Et ces traits, autrefois lancés d'une main sûre,
Alors tombent sans force, & ne l'atteignent pas.

La jeune Hyale est moins légère :
On ne la trouve plus foulant l'humble fougère
Que ses pas sembloient caresser :
Livrée à d'autres soins, elle gémit, soupire ;
Et lorsqu'à sa compagne elle voudroit le dire,
Elle hésite, rougit, & n'ose commencer.
Fuyant ce qu'elle cherche, inquiète, incertaine,
Sur ce qu'elle ressent, tremblant de prononcer,
Et ne sachant encor si c'est plaisir ou peine,
Elle ne pense plus, ne sachant que penser.

G

Hyale ainſi rêvoit, quand au bord de la plaine
Enfin conduite par haſard,
La Nymphe Salmacis s'offrit à ſon regard.
Elle alloit au prochain bocage
Porter des fleurs à ſon Amant.
Le plaiſir de ſon âme étoit ſur ſon viſage ;
Elle voloit alors avec empreſſement.
L'Amour fait tout avec courage.
Hyale, en la voyant, oublia ſa langueur ;
Le beſoin de la ſuivre eſt déjà dans ſon cœur ;
(On eſt curieux à cet âge ;
A quel âge ne l'eſt-on pas ?)
Elle court à l'inſtant, vive comme les Graces :
Ses compagnes ſuivent ſes traces,
Même deſir guidoit leurs pas.

Dans l'ombre d'un taillis, qu'une ſombre lumière
Conſacroit aux tendres ſoupirs,
Salmacis au Dieu du myſtère,
Confioit déjà ſes plaiſirs :
Accours, cher Amant, diſoit-elle ;
» L'Amour, pour te parer, vient de cueillir ces fleurs,
» Viens preſſer dans tes bras une Amante fidelle :
» L'Amour, pour nous aimer, a formé nos deux cœurs.

La timide pudeur coloroit son visage ;
Son sein , en ce moment , doucement agité,
  De la plus pure volupté
Aux regards de Nilis offroit l'heureuse image :
» Je sens , lui disoit-il, le prix de ton hommage :
» La main de Salmacis ajoûte à sa beauté ;
» Mais le don de son cœur l'embellit davantage «.

 Toujours plus amoureux , plus vif, mais toujours sage,
Nilis faisoit serment de ne changer jamais ;
  Un baiser en étoit le gage.
L'Amour sçait oublier les sermens qu'il a faits :
  Mais la Nymphe ne put le craindre ;
On aime dans les champs , & l'on n'y sçait pas feindre.
Elle vit dans ses yeux la simple vérité.
L'Amant étoit aimé , son Amante attendrie
Pouvoit-elle douter de sa sincérité ?
Salmacis dans ses bras n'en avoit point envie.

 Quand le besoin d'aimer tourmente un jeune cœur,
  Toujours rempli de son bonheur,
  Il ne fuit point ce qu'il desire ;
  Il est comme la tendre fleur,
Qui n'attend pour s'ouvrir qu'un baiser du Zéphire.
    G ij

LES BAINS

L'heureux Amant de Salmacis ,
Près d'elle assis sur la fougère ,
Voyoit une gase légère
S'arrondir sur un sein de roses & de lys ,
Charmes enviés à Cythère ;
Et sous ce voile heureux qui pique ses desirs ,
Dérobant à demi des appas qu'il ignore ,
La timide pudeur ajoûte à ses plaisirs
Le plaisir plus piquant de desirer encore.
« Amour , peux-tu , dit-il , me cacher tant d'appas ?
« Non.... Ma main à l'instant.... » Il s'arrête , soupire.
Salmacis voit cet embarras ,
Qui peint si bien l'amour , ses feux & son délire :
Vers lui languissamment elle étend ses beaux bras.
(Hélas ! qu'en cet état une belle est touchante !)
Elle ne rougit point de rassûrer son cœur.
On ne sçait pas rougir quand l'ame est innocente ;
Et Nilis incertain doute de son bonheur.

Ah ! Nilis , que fais-tu ? Contemple ton Amante ;
Peux-tu douter encor ? C'est pour toi que l'Amour
A de ce jeune sein arrondi le contour ,
Entr'ouvert ces lèvres charmantes.

Il raffembla pour toi , ces rofes & ees lys,
    Qu'il offre à tes mains careffantes ,
    Et dont tes yeux font éblouis ;
Pour toi , ces beaux cheveux que careffe Zéphire ,
    Sont encor plantés de fes mains.
Jouis : de ton bonheur ne fais point ton martyre ,
    Et laiffes-en douter le refte des Humains.

    Nilis enfin fort de l'ivreffe
    Où l'Amour a plongé fes fens.
    Ce Dieu compte avec les Amans.
    Nilis veut rendre à la tendreffe
Ce qu'il vient de ravir à de fi chers momens.
Il vole dans les bras de fa jeune Maitreffe :
Des lèvres de corail , que fur fa bouche il preffe ,
Reçoivent à l'inftant mille baifers brûlans.
    En vain une pudeur févère ,
Sous un voile importun qui dérobe fon fein ,
Lui cache des appas qu'Amour fit pour fa mère ;
L'œil jaloux d'un Amant ne veut point de myftère :
    Nilis l'enlève de fa main.
    Il ofe enfin tout entreprendre ;
Salmacis fçait aimer , & ne fçait fe défendre :
Un corfet emporté découvre des tréfors

Qui du tendre Nilis redoublent les tranfports.

Entre tant de beautés fon ame fe partage ,

Tout ce qu'il apperçoit a droit à fon hommage ;

  Mais il héfite fur le choix :

La Nature lui parle , il écoute fa voix.

De ces divins appas il trouve enfin l'ufage :

Un cri de Salmacis dit à tout le bocage ,

Qu'elle connoît l'amour pour la première fois.

Philomèle attentive , à travers le feuillage ,

  Répond par le plus tendre chant.

Nilis vient de jouir du bonheur d'être Amant ;

Et le Dieu du plaifir fourit à fon ouvrage.

  Quel nouveau trouble alors vint agiter vos fens !

  Nymphe craintive , âme ingénue ,

  Hyale, dans ces doux inftans ,

  Quel tableau frappa vôtre vue !

Dites par quels efforts , & par combien d'élans ,

  S'arrachant à fon efclavage ,

Votre âme alla s'unir à ces heureux Amans.

Quand votre main fans bruit écartant le feuillage ,

De ces tranfports charmans rendit vos yeux témoins ;

Le Dieu qui vous offrit une fi douce image ,

Ne fit peut-être alors qu'ajoûter à vos foins :

Peut-être en ce moment rêviez-vous davantage.

Si le repos des bois fait le bonheur du Sage ;
Si d'une ame tranquille il remplit les momens,
De quel prix leur charmant ombrage
N'eſt-il pas aux yeux des Amans ?
De leurs plaiſirs ſecrets ſage dépoſitaire,
Vous n'avez, diſcrette fougère,
Ni perfides témoins, ni lâches confidens.

Caliſto s'enfonçoit dans l'ombre du bocage,
Et s'occupoit du couple heureux,
Dont tout à chaque pas lui retraçoit l'image.
L'Amour ſur elle avoit les yeux :
Ce Dieu ſeul lui ſervoit de guide,
Lui ſeul avoit conduit ſes pas ;
Quand autour d'elle enfin portant un œil timide,
Elle apperçoit des lieux qu'elle ne connoît pas.
Quelques rayons du jour qui ſe jouoient dans l'ombre,
Offrent bien-tôt à ſes regards.
Un antre ténébreux qu'en l'horreur de ſon ombre,
Un feuillage touffu cachoit de toutes parts.
Ce ſpectacle imprévu glace ſon cœur de crainte :
La Nymphe eſt prête à fuir, quand un affreux dragon,

Monſtre né de Cerbère, ou du noir Phlégéton,
Sort du fond de ces lieux dont il gardoit l'enceinte.
Par cent cris répétés au plus creux des hameaux,
   Déjà de ce déſert ſauvage
   La Nymphe a frappé les échos ;
Et déjà de ſes ſens elle a perdu l'uſage,
Quand le Dieu qui la ſuit ſur ce funeſte bord,
Par ces mots tout-à-coup ranime ſon courage.

   » Le Ciel a pris ſoin de ton ſort.
» Un farouche ennemi dans ſa rage cruelle,
» Menace en vain des jours qui me ſont précieux.
» Nymphe, prends dans tes mains cette flèche mortelle ;
» Mais en perçant le flanc de ce monſtre odieux,
   » Pour le prix de ce ſoin ſi tendre,
» Que prend en ta faveur le plus jeune des Dieux,
» Songe que tu lui dois ce qu'il vient de défendre ».

   Comme on voit une tendre fleur,
   Sous les efforts de la tempête
   Et de l'aquilon deſtructeur,
   S'affoiblir & pencher ſa tête,
Ou prête à ſuccomber par l'aride chaleur ;
Au moment qu'elle cède à ſa tige tremblante,

          Si

Si de quelque main bienfaifante ,
Un heureux fecours vient s'offrir ;
Alors , elle reprend la fraîcheur & la vie ,
Et l'inftant qui la vit périr ,
D'un nouvel éclat embellie ,
La voit , & renaître & fleurir.

Telle on vit avec plus de charmes ,
Renaître Califto du fein de fes alarmes.
Une douce férénité
Se mêle aux fleurs de fon vifage ;
La crainte fait place au courage ,
Le feu de fes regards annonce fa fierté.
Déjà dans l'ardeur qui la preffe ,
Cherchant des yeux le monftre , & brûlant d'avancer ,
De la main qui cent fois fignala fon adreffe ,
Elle agite le trait qu'elle eft prête à lancer ;
Quand dreffant tout-à-coup une tête fuperbe
Qu'il croit ravir au coup fatal ,
L'infecte affreux rampant fur l'herbe ,
D'un horrible combat lui donne le fignal.
L'oifeau tremblant fous le feuillage ,
A ceffé fes concerts charmans.
Tout frémit à l'afpect de ce monftre fauvage :

H

La forêt retentit de ses longs sifflemens.

L'enfer est dans son sein ; & sa gueule enflammés,

Parmi des tourbillons de feux & de fumée,

Semble vomir la mort qu'il porte dans ses flancs.

Sa queue en cent replis sur sa croupe amassée,

Ou tantôt vers les Cieux avec fureur dressée,

En balançant les coups qu'il brûle de porter,

Retombe, se relève, & semble les compter.

　　　　Tantôt pour fondre sur sa proie,

　　　　Son corps, liant dans ses ressorts,

Se resserre, s'étend, s'allonge, ou se reploie ;

Tantôt de sa fureur modérant les transports,

Renfermant dans son sein le feu qui le consume,

(Comme une fièvre ardente, en ses accès brûlans,

Baigne au dehors la peau qu'elle brûle au dedans,)

Tout son corps se blanchit d'une bouillante écume.

　　　　Fureur vaine ! efforts superflus !

A ses yeux effrayés s'offre le noir abîme.

La Nymphe arme son bras, marche vers la victime :

Le coup part, le sang coule, & le monstre n'est plus.

C'eſt à vous, tendre Dieu, qu'elle dut ſa victoire.

Que pouvoit-elle, hélas ! ſans ces ſecours divins ?

Chez-vous, ſexe charmant, qui réglez nos deſtins,

  Le myrthe eſt le prix de la gloire ;

Un laurier teint de ſang n'eſt pas fait pour vos mains.

 L'obſtacle étoit détruit ; la Nymphe raſſurée,

Déjà de la caverne a traverſé l'entrée.

  Dois-je effrayer l'Humanité

  Du tableau qui frappe ſa vue ?

  Au milieu de l'obſcurité

Par un pâle flambeau foiblement combattue ;

  Sous un cyprès, dont les rameaux

De ce ſéjour d'horreurs environnent l'enceinte ;

Près des bords d'un ruiſſeau, mêlant au bruit des eaux

Les douloureux accens d'une voix preſque éteinte,

Un mortel accablé ſous le poids de ſes maux,

  En la voyant, ceſſe ſa plainte,

Et s'avance près d'elle en prononçant ces mots :

 D'où me vient le bonheur d'admirer tant de charmes

Jeune divinité ? Car vous portez ſes traits.

  Dans ce lieu d'aſyle & de larmes,

La Beauté ne parut jamais.
Ne dois-je qu'au hasard votre auguste présence ?
Parlez. Que voulez-vous d'un mortel malheureux ?

Enfin , inexorables Dieux ,
Enfin , vous lassez-vous d'accabler l'innocence ?

Des soupirs redoublés le forcent au silence ,
Et ses yeux se mouillent de pleurs :
On lui raconte alors ce qu'il brûle d'entendre ;
Et la Nymphe , à son tour , curieuse d'apprendre ,
Et ses peines , & ses malheurs ,
L'oblige de se rendre à son impatience.

Je vais taire , dit-il , les jeux de mon enfance :
Je passe à cet âge charmant ,
Où , de la nuit de son néant ,
Se levant vers son existence ,
L'âme va se livrer à ce penchant si doux ,
Qu'on apporte avec l'être , & qui croît avec nous.
L'Amour.... Ce mot , O Ciel ! me fait frémir encore !...
L'Amour , ou , pour le peindre mieux ,
Ce charme qui brille en vos yeux ,
Dans mon cœur se hâta d'éclorre ,

Et la jeune Zémire en alluma les feux.
Tout retrace à mes yeux une image si chère.
Un teint qu'embellissoit la naïve pudeur,
Un port majestueux, une taille légère! ....
   Sa bouche, où regnoit la candeur,
'Des roses du matin étaloit la fraîcheur.
Sage, fidelle, tendre, incapable de feindre,
Elle brûla pour moi, de la plus vive ardeur.
   J'ajoûte enfin, pour vous la peindre,
Trois lustres accomplis. . . . jugez de mon bonheur!

  Dans le même bocage, élevés dès l'enfance,
Une simple amitié nous rassembla tous deux.
   L'âge vient, & sans qu'on y pense,
Un sentiment plus vif en resserre les nœuds.
   Pour consommer ce grand ouvrage,
La Nature attentive, & qui nous suit des yeux,
Sans avertir le cœur, vient l'attendre au passage.

   Je pressois un jour dans mes bras
   Cette naïve & tendre Amante.
   Mon œil erroit sur ses appas;
Je fixe par hasard une gorge naissante:
J'y porte des baisers qu'elle n'évite pas.

De ces baisers charmans l'aimable & doux murmure,
Par l'écho du plaisir mille fois répété,
Réveillant à la fois l'amour, la volupté,
  Et le desir, & la nature ;
  J'allois devoir au sentiment
Ce gage précieux, cette faveur suprême,
  Que souvent ne doit un Amant,
Qu'au délire des sens, à l'oubli de soi-même,
Et quelquefois encor au bonheur du moment.
  Tout-à-coup Zémire effrayée,
Loin de moi se dérobe avec empressement.
  De sa fuite précipitée,
  J'accuse un indiscret témoin :
Cependant elle fuit ; & je la suis de loin.
Lorsqu'en ce même instant mon oreille est frappée
Par le son d'une voix que je ne connois pas.

 » Jeune homme, me dit-on, où portes-tu tes pas ?
  » Si la faveur d'une Déesse,
» Si l'immortalité, le thrône, la richesse,
» Pour un simple Berger, avoient quelques appas;
» A tes soins les plus doux je puis ici prétendre.
» Je sais qu'une mortelle à ton sort doit s'unir ;
» Mais pour prix du haut rang que je daigne t'offrir,

» Songe qu'à tes mépris je ne dois point m'attendre.
» Entre elle, & mes bienfaits, je te laisse choisir.

Je demeure interdit, & je cherche en silence,
D'où partent les accens d'une si douce voix.
Le parfum précieux d'une divine essence,
Qui se répand alors dans l'épaisseur du bois,
Semble d'une Immortelle annoncer la présence.
Je lève vers le Ciel des regards curieux :
Un nuage brillant qui dans l'air se balance,
  Vient offrir Junon à mes yeux.
Le Berger qui jugea la divine querelle
  Autrefois balança près d'elle
   L'avantage de la beauté :
Mais Cypris, en ce jour, auroit paru moins belle,
Et la Reine des Dieux auroit tout mérité.

J'écoutois à genoux l'illustre enchanteresse.
  Dons brillans, dignités, grandeur,
  Amour, plaisirs, tendre promesse ;
Rien ne fut oublié pour séduire mon cœur.
  Je n'oubliai point ma tendresse.
  J'aimois, comme on aime en nos bois ;
  Quel thrône auroit valu Zémire ?

Je regnois fur fon cœur, & j'avois un empire.
Que m'importoit le fort des Rois?

Les vrais, les feuls plaifirs font ceux de la Nature.
Le fentiment, la paix du cœur
N'habitent point les lieux où règne l'impofture.
Ebloui par le faux honneur,
Jadis à fa retraite on enleva le fage:
Sous les lambris dorés il chercha le bonheur,
Et regretta fon premier âge.
La vérité, dit-il, ne vient qu'après l'erreur;
Le plus beau jour des grands n'eft jamais fans nuage:
Adieu le fceptre, adieu le thrône & la grandeur;
Je reprends ma houlette, & retourne au village.

De leurs bruyans plaifirs la féduifante image
N'eut aucun pouvoir fur mes fens.
Comme ce fage, enfin je préférai nos champs,
Plûtôt je préférai Zémire.
En vain la perfide Junon
Dans un vafe doré me verfoit le poifon:
Je ne fus qu'ébloui: pouvoit-on me féduire?

» J'ai parlé, me dit-elle, il y va de la mort:

» Je

» Je te laisse un moment disposer de ton sort ;
   » Tu m'entends, ce mot doit suffire.

Elle dit ; & déjà plus prompt que les éclairs,
Le char qui l'apporta disparoît dans les airs.
Je vois fuir l'Immortelle à travers le nuage,
Je demeure immobile au milieu du bocage ;
Tout y paroît tranquille, & mon cœur ne l'est pas.
Pressé de mille soins, il s'agite, soupire ;
Je ne sçais que penser : l'image de Zémire,
M'arrache à mes ennuis ; je revole en ses bras.
Je revois mon Amante avec de nouveaux charmes :
Mais mon malheur me suit, & je répands des larmes,
     En lui cachant mon embarras.

Zémire, cependant, dès sa tendre jeunesse,
Etoit par ses parens promise à ma tendresse.
De ce fatal hymen je veux hâter le jour :
Je hâtois mon malheur .... trop barbare Déesse !
    Je n'écoutte que mon amour.
Je crains de différer, déjà l'hymen s'apprête ;
Le jour le plus prochain est marqué pour la fête.
    Déjà l'astre de l'univers
Rougit de ses rayons la surface des mers.

       I

Dans le temple voisin où le peuple s'assemble ;
Zémire & nos parens, nous nous rendons ensemble ,
    Au bruit de mille chants divers.
Quel jour & quels apprêts ! . . . avec pompe amenée ,
    L'Amante de fleurs couronnée ,
Ou plutôt la victime , est conduite à l'autel ;
Nous prononçons tous deux le serment solemnel.
Le ciel se couvre alors de nuages funèbres ,
L'air retentit au loin d'horribles sifflemens ;
Et la terre ébranlée au milieu des ténèbres ,
N'est qu'un vaste tombeau de morts & de mourans.
Je vois de nos amis la foule dispersée ,
Loin du portique saint , à travers mille éclairs ;
Le Prêtre enseveli sous la voûte embrasée ,
De ses cris douloureux fait retentir les airs.
Je trouve autour de moi ma famille éplorée ,
Je n'entends que sanglots , qu'affreux gémissemens ;
    Le désordre des élémens
Semble annoncer partout une mort assurée.
L'eau qui du haut des cieux s'élance par torrens ,
    N'offre plus qu'une mer profonde ;
    L'enfer mugit , la foudre gronde ,
Et le Berger en pleurs voit ses troupeaux bêlans ,
Engloutis sous les flots que soulèvent les vents.

A travers ces horreurs, je cherche mon Amante ;
Mes regards font troublés, mes pas font chancelans :
Je la demande aux Dieux, quand une voix mourante
　　　　Tout-à-coup vient glacer mes fens.
» Je te rends tes fermens ; je meurs, & je t'adore ».

　　Je reconnois Zémire à ces triftes accens ;
Tout dit qu'elle n'eft plus, & je la cherche encore.
Je porte en tous les lieux mes timides regards,
　　　　Quand, parmi des débris épars
Qu'apporte fur la rive une vague écumante,
Le voile précieux de Zémire expirante,
　　　　Non loin me paroît s'arrêter.
Le flot qui le portoit fembloit le refpecter.
　　　　J'approche, & d'une main tremblante,
　　　　De cette idole de mon cœur,
Je recueille avec foin la dépouille flottante,
　　　　Témoin de ma jufte douleur,
Seul bien que m'a laiffé la colère célefte ;
De l'objet le plus cher, voilà ce qui me refte !
Eft-ce à tant de fureurs qu'on reconnoît les Dieux ?

　　Séparé de Zémire, en ce défordre affreux.
Tremblant fur le deftin d'une tête fi chère,
　　　　　　　　　　　I ij

Les ombres de la mort s'étendent fur mes yeux.
Après quelques momens je revois la lumière ;
  Mais je fuis au plus haut des airs,
  Tranfporté par des mains perfides
  Qui me chargent d'indignes fers.
On me dépofe enfin dans ces vaftes déferts
  Où les cruelles Euménides,
  Monftres nés du fein des enfers,
Creusèrent ce tombeau fous ces voûtes humides.
Depuis un fiécle entier, dans l'horreur de ces lieux,
  J'attends que le ciel plus propice
  Me rende à des jours plus heureux,
  Ou que, par un coup moins affreux,
L'implacable Junon termine mon fupplice.

  Cet être fi cher à nos yeux,
Oui, le cœur d'une femme, ou mortelle, ou Déeffe,
Eft donc un des fléaux, ou des bienfaits des Dieux ?
Combien, s'il veut aimer, ce fexe a de tendreffe !
Mais s'il faut nous trahir, il a bien plus d'adreffe :
Formé pour la douceur & pour le fentiment,
  S'il fuit ce naturel penchant,
  C'eft l'Amour, quand fa main careffe.
Du befoin de tromper une fois tourmenté ;

C'eſt un ſerpent, pour la ſoupleſſe :
Pour la force, un lion quand il eſt irrité.

Dès ſon enfance inſtruit à feindre,
Par goût & par devoir, ou par néceſſité,
Plus il a de foibleſſe, & plus il eſt à craindre :
Il a mille détours dont il ſçait profiter ;
Et quand ce cœur adroit en ruſes ſe déploie,
Comme il met tout ſon art aux efforts qu'il emploie,
Il n'en eſt que plus ſûr des coups qu'il doit porter.

C'eſt alors, que faiſant ſa proie
De l'objet qui fit ſon plaiſir,
Il change ſes bienfaits en affreuſes tortures ;
Ses baiſers les plus doux, en cruelles morſures :
Et plus il ſçut l'aimer, mieux il ſçait le haïr.

Mon reſſentiment vous offenſe,
Nymphe, vous m'envoyez rougir ;
Pardonnez à l'effet d'un fatal ſouvenir :
Votre âge eſt fait pour l'innocence ;
Si jeune, on ne ſçait pas trahir.

Je n'outrageai jamais ce ſexe que j'adore,
L'hommage le plus tendre eſt fait pour la beauté ;
Recevez un tribut qu'offre la vérité :

Si ce cœur déchiré peut vous l'offrir encore,
    En fut-il de mieux mérité ?

    Endimion, enfin, termina par des larmes
        Le récit de ses maux affreux ;
        Mais la beauté porte des armes
        Contre l'ennui des malheureux.
        Sa douleur devient moins farouche ;
Son esprit, dégagé de l'objet qui le touche,
        Se livre à des soins plus heureux :
        Le plaisir brille dans ses yeux ;
Et l'aveu de sa flamme est sorti de sa bouche.
Endimion, alors, respecté par les ans,
Avoit encor l'éclat des roses du printems :
Ce cruel destructeur, dont les aîles rapides
Emportent nos plaisirs, & laissent les regrets ;
Le tems qui sur nos fronts vient sillonner les rides,
N'avoit point altéré le charme de ses traits.

    Dans le fond de son cœur, Calisto crut entendre
        La voix de l'humaine pitié ;
        Son cœur étoit pris à moitié,
        Et l'autre ne put se défendre :
        Vainement elle eût résisté.

Endimion , fes traits, fes malheurs & fon âge,

   Tout parla , tout fut écouté ;

Et ce qu'elle ne crut alors qu'humanité ,

   Devint bientôt un tendre hommage ,

Qu'un fentiment plus doux fit rendre à la beauté.

   A ce trouble fi vif , fi tendre ,

   La Nymphe ne peut fe méprendre ;

C'eft l'inftinct de l'amour qui fe gliffe en fon cœur ,

Non , ce froid intérêt qu'on accorde au malheur.

Près d'elle , Endimion , l'œil fixé fur fes charmes ,

Par la main du plaifir voit effuyer fes larmes ;

Zémire dans fon cœur femble fe retracer :

   Mais en vain il veut fe défendre

   Du trait qu'Amour vient de lancer.

Quand ce Dieu fait fentir le befoin de fe rendre ,

   On ne peut trop tôt commencer.

   Dans l'ardeur du feu qui le guide ,

   Il ofe enfin prendre un baifer ,

Que marque le plaifir fur une main timide ,

Qui craint de fe donner & de fe refufer.

   Tous deux s'admirent en filence :

L'Amant , en fe taifant , fçait dire ce qu'il penfe ,

Et n'a befoin que de fes yeux;

L'efprit ne parle pas comme eux,

Quand le cœur a fon innocence.

Elle infpiroit ces deux Amans;

La Nymphe à fes tranfports, en ces heureux momens,

S'abandonnoit fans défiance;

Quand un cerf, aux abois, à fes côtés s'élance,

Portant encór le trait qui lui perce les flancs.

Sur fes pas un chaffeur s'avance,

En preffant devant lui des chiens impétueux :

O furprife ! ô douleur ! c'eft Diane elle-même,

Qui tout-à-coup s'offre avec eux .

Aifément on fuit des fâcheux;

On quitte à regret ce qu'on aime.

Califto veut quitter ces lieux,

Mais ne s'éloigne qu'avec peine.

Endimion la fuit des yeux;

Diane, en le voyant, étonnée, incertaine,

Laiffa le cerf reprendre haleine,

Oublia d'animer fes chiens;

Elle oublia fes traits, mais fon cœur moins rebelle

Sentit bien que l'Amour, comme elle,

N'avoit pas oublié les fiens.

C'eft

C'est en vain qu'on voit une prude,
A braver son pouvoir, employer sa raison ;
Ce Dieu, pour triompher, ne se fait d'autre étude
Que celle de l'occasion.
La coquette fuit l'esclavage,
Le serment de la prude est de n'aimer jamais :
Le redoutable enfant décoche un de ses traits ;
L'une cesse d'être volage ;
Sans le sçavoir, l'autre s'engage,
Et ne se souvient plus des sermens qu'elle a faits.

Mais sortons un moment de l'antre solitaire,
Où l'Amour veut en liberté
Conduire la divinité
Qui vient offrir enfin aux autels de sa mère,
Un encens long-tems disputé.
Dans la retraite & le silence,
Il aime à célébrer ses jeux.
Gardons-nous de troubler des momens précieux :
Un regard indiscret est toujours une offense ;
Il ne veut qu'un moment se cacher à nos yeux

Lorsque de la Déesse il va forger la chaîne,
Lorsqu'il me laisse seul ici reprendre haleine,

K

Comment amuſer mes loiſirs ?

Tandis que je ſuis au bocage,

Fatigué des bruyans plaiſirs,

Ne pourrai-je goûter ceux qu'on goûte au village ?

C'eſt-là que les Jeux & les Ris;

Que le bonheur m'attend peut-être :

La houlette à la main, & ſous l'habit champêtre,

J'y vivrai près de ma Cloris.

Je graverai ſon nom ſur l'écorce d'un hêtre;

Chaque jour plus aimé, plus heureux chaque jour,

J'aurai pour confidens les échos d'alentour.

Cloris, je ſuis à vous, il me faut une amie.

Si l'on a des amis, c'eſt pour les eſtimer;

Le beſoin le plus doux eſt le beſoin d'aimer,

Et c'eſt le premier de la vie.

Les ſoucis dont elle eſt ſuivie

Ne viendront plus m'environner:

Amour, gaîté, bon-ſens, folie;

Cloris, voilà mes Dieux; jamais de jalouſie,

Heureux de pouvoir en donner!

Mais j'y mettrai doſe légère,

(Excès bleſſe la liberté)

Pour un peu d'infidélité.

Surtout, Cloris, point de colère,

C'eſt aux Dieux ſeuls à ſe venger;

Vous en aime-t-on moins pour être un peu léger ?
        A ce prix fi l'on peut te plaire ,
        Prononce ; & je fuis ton Berger.

        Content de ton lit de fougère ,
D'une paifible nuit je remplis la carrière.
        Songes légers dans mon fommeil !
        Tendres faveurs à mon réveil !
Un rayon du matin entr'ouvre ma paupière ;
Plein de la douce erreur dont je fuis agité ,
        Entre les bras de ma Bergère
        Je vais chercher la vérité.
Elle céde fans peine au tranfport qui l'anime ,
        Et n'a pas honte d'en jouir :
L'innocente nature épure le plaifir.
        La honte ne fuit que le crime ;
        C'eft le crime qui doit rougir.

        Mais j'entends la raifon qui rit de ma chimère ;
        Tu me dois , dit-elle , un falaire
        Dont chaque homme doit s'acquitter ;
        Tu t'empreffes d'y fatisfaire ,
        Mais je veux ici t'arrêter.

Ce vêtement champêtre & fa fimple parure,

        K ij

Sans doute ont de quoi te flatter;

Mais, parle moi fans impofture,

N'eft-ce que ton habit que tu voudrois quitter?

Toujours inconftant & frivole,

N'eft-ce pas plutôt ton idole

Qu'au village tu veux porter?

On ne change point de nature;

On peut changer de volonté,

Comme il plaît à mainte beauté

Souvent de changer de figure.

On quitte fa fociété,

On va vivre loin du parjure,

Sans rougir de l'avoir été.

Le farouche Indien, l'Américain fauvage,

Le deviennent, peut-être, un peu moins parmi nous;

Chez eux nous prenons leur langage,

Leurs coutumes, leurs loix, fans perdre de nos goûts.

On tient à l'habitude; oui, fauf l'avis contraire,

La ville fait mieux ton affaire;

Dans un monde nouveau ne cours point t'engager;

Ne porte point aux champs le fafte & la licence,

Une ame fauffe, un cœur léger.

Va, la houlette du Berger

Ne donne pas fon innocence.

Fin du fecond Chant.

CHANT TROISIEME.

JURER de n'aimer pas ou de ne point changer,
C'eſt crayonner des traits, ou ſur l'onde incertaine,
Le nuage inconſtant, ou le ſable léger.
Dans le plus haut des airs, à l'abri du danger,
   L'oiſeau qui traverſe la plaine,
Brave une fois l'appât qu'on lui tend au verger.
   Plus loin, ſur un piége funeſte,
Une perfide main vient de ſemer des fleurs :
Il va s'y confier, le malheureux y reſte.
Il en eſt mille & plus, où l'amour prend les cœurs.
   J'ai vu ſes piéges ſéducteurs
   Cachés ſous un voile modeſte ;
   Sous un ſimple chapeau de joncs,
   Sur le teint bruni de Colette,
   Et dans l'or de ſes cheveux blonds,
   Qui flottent ſur ſa collerette ;
   Sur le bouton vermeil d'un ſein,
   Qui ſous les doigts de la Nature
   S'embellit, s'enfle par meſure,
   Et repouſſe un corſet de lin,

Qu'elle arrondit fans impofture.

　　　J'ai vu l'amour, d'un air fripon,
　　Se gliffer dans l'œil de Finette,
Et me faire oublier les honneurs du fallon.
　　　Plaifir vaut mieux que grand renom.
Eh! qu'importe à mes feux que Vénus s'en offenfe?
Le fafte du fopha ne vaut pas le gazon
　　　Où va repofer l'innocence.

　　　Je l'ai vu, mais avec plus d'art,
　　Sous l'air modefte d'une prude,
　　Préparer à l'œil un hafard;
　　Se négliger avec étude,
　　S'oublier par réflexion;
　　Rougir devant la multitude,
Et, dans le tête-à-tête, aider l'occafion.
Non, l'on n'échappe point au Dieu de la tendreffe;
　　Le braver, dit-on, eft fageffe;
Se pourroit-il? Sageffe, on profane ton nom.

　　　Faut-il qu'avec vous l'on vieilliffe,
Rigoureufe vertu des Thalès, des Solons?
　　　Laiffez là vos doctes fermons:

C'eſt pour fuir ou punir le vice,
Qu'il faut un maître & des leçons.
Ne nous défendez pas d'être ce que nous ſommes;
Voulez-vous, pour faire des hommes,
Les ravir à l'Humanité ?
Qu'un tendre ſentiment ſoit par vous reſpecté.
L'amour auprès des Dieux place la créature;
Apprenez à ſentir, & laiſſez la Nature
S'embellir aux rayons de la divinité.

Faut-il qu'un penchant légitime,
Le plus ſacré qui fut jamais,
Pour s'offrir à nos yeux, emprunte d'autres traits ?
Ton nom, Dieu de Paphos, ſeroit-il donc un crime ?
Sous le voile de l'amitié,
Craignant de t'avouer, on te voit nous ſurprendre :
Et de peur d'effrayer avec un nom plus tendre,
Tu ne te nommes qu'à moitié :
Ce n'eſt qu'en rougiſſant que tu te fais entendre.

Eglé ſent ce charme en ſon cœur :
Je voudrois obtenir cet aveu qui me touche;
Mais il alarme ſa pudeur :
Il échappe enfin de ſa bouche;
Et ſon front à l'inſtant ſe couvre de rougeur.

Pourquoi rougir, Eglé ? Vous n'êtes point coupable.
Si l'amour est un crime, il est celui des Dieux :
  En le partageant avec eux,
  Eglé, vous êtes leur semblable.
Voyez la jeune Iphise, il brille dans ses yeux,
Il anime ses traits, & la rend plus aimable.

  Qui nous donna des sens fit pour eux le plaisir.
  Le préjugé qui vous abuse,
En le définissant, ne fait que l'attiédir.
Jouissez sans remords, le ciel est votre excuse ;
Quand il forma votre âme, il la fit pour sentir.

  Le ferment d'un cœur qui soupire,
  Est-il fait pour vous alarmer ?
Si j'ose découvrir ce que le mien desire,
  Je vous vois prête à vous armer ;
Iphise le devine, & je la vois sourire.
Sans crime on peut aimer, sans honte on peut le dire
Elle parle d'amour, vous n'osez le nommer ;
Vous demeurez confuse, & gardez le silence :
L'aveu d'un sentiment, qu'inspire la beauté,
Est toujours un hommage, & jamais une offense ;
Jamais on n'a rougi de l'avoir écouté.

        Peut-

Peut-il bleſſer votre innocence ?
Combien voudroient l'entendre, ou l'avoir mérité !

Oui, chère & belle Iphiſe, il m'en ſouvient encore ;
Après le lever de l'aurore,
Quand l'aſtre du ſoleil doroit l'azur des cieux,
Sous un ombrage frais, dans une paix profonde,
Nous goûtions le bonheur de nous aimer tous deux.
L'amour exiſte ſeul pour les Amans heureux,
Et nous étions les ſeuls au monde.
Ce ſilence profond qui regnoit près de nous,
D'un tranquille ruiſſeau le paiſible murmure,
Aux douceurs du repos appelloient la Nature ;
Il étoit fait pour nous, car notre ame étoit pure.
Ambitieux mortels ! il s'enfuit loin de vous.
Dans ce calme enchanteur où tout eſt jouiſſance,
Dans ce tendre abandon où le plus doux ſilence,
Vaut un diſcours bien éloquent,
Les ſens ſont oubliés, & tout eſt ſentiment.
Si quelqu'agréable ſaillie
Fait ceſſer ce charme divin ;
(Car ſouvent une raillerie,
Fit à l'amour plus d'un larcin ;)

L

L'enfant un moment s'en amufe,
Mais rien n'affoiblit fon deffein.
Soit qu'on le flatte, ou qu'on l'abufe,
Pour venir à fon but, il a plus d'un chemin.
Partout fon arc n'eft que magie;
Partout cet enchanteur charmant
Se partage ou fe multiplie ;
Combattre & triompher, n'eft pour lui qu'un inftant.

Quel attrait enfin peut féduire
Ce cœur froid & glacé qui n'a point de defirs,
Qui ne goûte jamais un moment de délire ?

Vous ignorez, dit-il, le prix des doux loifirs :
Si vous comptez quelques plaifirs,
C'eft par le nombre de vos peines.
Eft-il quelque bonheur au milieu des foupirs ?
Si je portois un joug, je briferois mes chaînes.
Amans, votre félicité
Valut-elle jamais le repos de nos plaines,
Ou celui de ma liberté ?

Cœur de glace ! cœur infenfible ! . . .

Envifage, s'il eft poffible,

Ces objets qui frappent tes yeux ;

Oui, ces bienfaits de la Nature ,

Oui, l'émail de ces prés, qu'arrofe une onde pure ,

Si tu fçavois aimer , te plairoient cent fois mieux.

Contemple ce lit de fougère ;

Pour en connoître les douceurs,

Il faut aimer une Bergère.

Zéphir parle d'amour en careffant les fleurs.

Tout refpire fa flamme au fond de ces bocages :

Tout connoît fes plaifirs que tu ne peux goûter ;

Et ces oifeaux , fous leurs ombrages ,

S'ils n'avoient point d'amour , oubliroient d'y chanter.

Loin des biens que fon fceptre allie ,

Briguer de vains honneurs , des titres faftueux ,

Vivre pour des ingrats , fans amis vertueux ,

S'enterrer chez des grands , ou leur porter envie ;

Se parer de leurs fers , n'exifter que pour eux ,

C'eft languir ; c'eft mourir chaque jour de la vie ;

Ce n'eft qu'au fentiment à faire des heureux.

C'eft la beauté qui fait les Dieux ;

Souvent, pour elle , on les oublie.

En paix attendre l'avenir,
S'amufer du préfent ; jamais de vain defir ;
Epoufe chafte & tendre amie :
Voilà , je crois , le vrai plaifir.
Tout autre bien n'eft que folie ;
Il ne faut feulement que fçavoir en jouir.

La Nature à peine s'éveille ;
Déjà la diligente abeille
Reprend le cours de fes erreurs ;
Et chaque fleur à peine éclofe
Lui doit un tribut de faveurs.
Toujours elle voltige , & jamais ne repofe.
On la voit mille fois changer ;
Elle quitte l'œillet , & revient à la rofe :
Elle cherche à jouir , & craint de s'engager.
Jouiffons , & changeons comme elle ;
Souvent une beauté nouvelle ,
Moins d'amour , plus de liberté :
Qui fait à Cidalife un larcin pour Climène ,
Attache une fleur à fa chaîne ,
Par ce trait de légéreté.
C'eft à ce prix que je m'engage :
L'amour doit être un badinage ,

Jamais une captivité.

Mon cœur fuit l'entrave & la gêne,

Et ne fçait point gémir d'une infidélité.

Souvent l'inconftance ramène,

Sous le joug que l'on a quitté.

Ce trait, jeunes Beautés, qui vous paroît peu fage

Bleffe déjà votre fierté;

Mais c'eft à vos rigueurs, que je viens rendre hommage;

Je fuis trop de facilité:

Ce qu'on enlève à l'inhumaine

A le prix d'être difputé.

Je n'aime le plaifir qu'autant qu'il m'a coûté:

Le feu qu'on allume avec peine,

Brûle avec plus d'activité;

Eft-ce pour languir qu'on s'enchaîne?

L'amour tiéde eft fans volupté.

Mais lorfque, fans raifon, j'échauffe ici ma veine,

Et, tandis que la Nymphe inquiette, incertaine,

De l'antre & du bofquet s'éloigne triftement;

Déjà la fenfible Déeffe

Fait hommage au Berger charmant

De ce fuperbe cœur qui brave la tendreffe;...

Mais devoit-elle, en un moment,

D'amour, de defirs confumée,

Goûter le doux plaifir d'aimer & d'être aimée ?

Un immortel décret en ordonne autrement.

En vain pour fon nouvel Amant,

Le plus doux des aveux eft forti de fa bouche ;

Un foupir, un regard farouche,

Sont, hélas ! le feul prix du feu qu'elle reffent.

» Mon arrêt, lui dit-elle, avec un doux fourire,

» Seroit-il déjà prononcé ?

» Ce cœur, s'il eft permis d'y lire,

» Ce cœur par quelque Belle eft fans doute bleffé ?

» Jeune, charmant & fait pour plaire,

» Sans doute, en ces hameaux, quelque tendre Bergère,

» Quelque Nymphe plûtôt, aura comblé vos vœux :

» Auffitôt aimé qu'amoureux. . . .

» Je vois votre embarras. . . Vous craignez de m'entendre :

» Ce trouble me fuffit, j'ai tout lu dans vos yeux ;

» Non, Diane à ce cœur ne devra plus prétendre.

» Endimion, vous gémiffez !

» Ces fanglots m'en difent affez.

» Tu te venges, Cypris. . . Inutile tendreffe !

» Oui, trop ingrat Berger, c'en eft fait, vous aimez.

» Amour ! . . . Cruel enfant ! . . . Des regards enflammés

Partent en ce moment des yeux de la Déeſſe.

Endimion tremblant embraſſe ſes genoux ;

   » Hélas ! dit-il, qu'exigez-vous ?

   » Qu'ordonnez-vous d'un miſérable ?

   » Si l'on doit vous offrir un cœur

   » Qu'un tendre ſouvenir accable ,

» Il eſt à vous encor, plein du juſte reſpect

» Que m'impoſe aujourd'hui votre divin aſpect.

» Un hommage plus doux n'eſt point en ma puiſſance :

   » En proie à mes triſtes ennuis ,

» Pourrois-je vous l'offrir en l'état où je ſuis ? «

Il s'arrête à ces mots ; mais en vain ſon ſilence

   Implore une douce pitié :

Sa timide douleur n'a que de foibles armes ;

   Sous la main qui ſéche ſes larmes ,

   Ses yeux dérobés à moitié ,

Avec plus de langueur , n'offrent que plus de charmes.

   Tel on voit le ſoleil , ſous un ciel nébuleux ,

   Briller à travers le nuage ,

   Et, dans l'inſtant de ſon paſſage ,

   Brûler par l'ardeur de ſes feux

La verdure naiſſante ou le tendre feuillage.

Le cou panché languiſſamment,

L'œil tendre, quoiqu'un peu farouche;

L'albâtre de ſon teint, les roſes de ſa bouche,

Ses blonds cheveux, un port charmant;

Tout dans Endimion, tout porte un trait qui bleſſe.

Amour, tu t'es vengé. La ſuperbe Déeſſe

Reconnoît enfin un vainqueur.

Vainement beauté jeune & fière,

En ſon ſein cache un cœur ſévère;

En vain on ſe permet, & mépris, & rigueur.

Sous la fleur que la main détache,

Souvent l'aſpic perfide a placé l'aiguillon;

Dans les beaux yeux d'Endimion,

C'eſt ainſi que l'Amour ſe cache;

Inſenſible beauté, voilà votre leçon.

Près du Berger, ſur la verdure,

Diane cherche dans ſes yeux

Un feu qu'il a fait naître, & qu'elle ſeule endure;

Elle-même prend ſoin d'arranger ſes cheveux.

L'Amour embellit ce qu'il aime;

Une immortelle main ajoûte à ſa beauté.

Sous cet arc, ce carquois, c'eſt Apollon lui-même.

Mais le Dieu de Délos eut moins de majeſté.

Tous

Tous deux ont déjà pris le chemin du bocage ;
Mais tous deux font preſſés d'un ſoin bien différent ;
Diane s'abandonne à ſon bonheur préſent,
    Tandis qu'occupé de l'image
Qui vient lui retracer le malheur de ſon ſort,
Endimion murmure, en ſecret, de l'orage
Qui gronde ſur ſa tête & l'éloigne du port.
    Rempli de l'objet qu'il adore,
Cent fois en s'éloignant on le voit s'arrêter ;
    Et quand ſon œil le cherche encore,
Son cœur le voit partout, & ne peut le quitter.

    Cependant ſans être apperçue,
    La Nymphe attachée à ſes pas,
    Craignant de voler dans ſes bras,
    Brûloit de s'offrir à ſa vue ;
    Quand le Dieu qui veille ſur eux,
A l'Amant inquiet, que même ſoin tourmente,
    Découvre cette tendre Amante,
A travers un taillis où ſe fixent ſes yeux.
Que devient-il, hélas ! en ce moment ſi tendre ?
Elle lui tend les bras, & prête à l'appeller,
Elle tremble, ſoupire, & ne ſçauroit parler.
    Endimion fait tout comprendre ;

M

Et l'Amour à fes pieds à l'inftant le conduit.

Quel fpectacle pour la Déeffe !
Loin d'elle elle a vu fuir l'objet de fa tendreffe ,
Et trouve Galifto dans l'objet qu'il pourfuit.
Déjà le flambeau des Furies,
Dans fon âme jaloufe , a fait briller fes feux :
« Oui , dit-elle , couple odieux ,
» Je fçais punir les perfidies ;
» Va , cruel , va , n'efpère pas ,
» Lorfque je dois frapper un traître qui m'offenfe ,
» Qu'une lâche pitié vienne arrêter mon bras ;
» Diane eft outragée , il faut une vengeance.
» Perfide , c'eft ce cœur... hélas !
» Ce cœur qui fut à toi... qui peut-être aime encore ;
» C'eft lui qui jure ton trépas.
» Vainement ta beauté m'implore :
» Non, rien ne peut calmer un trop jufte tranfport.
» Qui peut me dédaigner a mérité la mort.

» Arrête : qu'as-tu dit , Déeffe impitoyable ?
» A ton malheur encor manque-t-il un forfait ?
» Pardonne , trop charmant objet :
» On ceffe d'être aimé , quand on paroît coupable.

» Ton cœur eft innocent ; tu ne m'as rien promis.

  » Pardonne au courroux qui m'anime ;

  » La perfide qui t'a foumis,

  » C'eft elle, voilà la victime ».

Diane, à ce difcours de pleurs entrecoupé,

S'arrête, ouvre les yeux, rougit de fon délire.

Alors d'un trait fubit fon cœur femble frappé,

Pour elle un nouveau jour un moment femble luire ;

  C'eft alors que, pour expier

L'affront d'un fol amour qu'elle doit oublier,

Elle veut quelquefois, à l'objet qui l'enflamme,

Seule au fond des Forêts dérober une flamme

  Qu'elle n'ofe juftifier.

Quelquefois, rougiffant d'une folle tendreffe,

Portant fur fa Rivale un regard généreux,

  Elle pardonne à la jeuneffe

Le crime de l'Amant & celui de fes yeux.

  Tantôt, cédant à fa foibleffe,

  Lorfqu'elle veut fe dégager,

  Au moment de brifer fa chaîne,

  Un tendre penchant la ramène

  Aux pieds de fon charmant Berger.

     M ij

Flottant du plaifir à la peine,
Du defir au remords, de l'amour à la haîne,
En vain fon efprit combattu
Au plus puiffant des Dieux difpute la victoire;
Son auftère fierté l'avertit de fa gloire,
Et cherche à rappeller un refte de vertu;
Mais fa foible voix qui l'accufe
Dépofe vainement contre un fi doux penchant;
Le cœur, dans un fi beau moment,
N'a-t-il pas toujours fon excufe?

Tel contre un rocher efcarpé
Le flot d'une onde mugiffante,
Par l'orage & les vents à chaque inftant frappé,
Se fond en écume impuiffante;
Après les vains efforts d'une auftère fierté,
Telle alors la prude Déeffe
Vint dépofer aux pieds du Dieu de la tendreffe
Un cœur trop long-temps difputé.

Quel fut votre embarras, peut-il bien fe décrire,
Craintive Califto? Quelqu'injufte foupçon
Ne vint-il point alors noircir Endimion?

Vous lifiez dans les yeux, & trembliez d'y lire,
Un triomphe brillant aide à la trahifon :
   Vous doutâtes de la victoire ;
Vous le crûtes perfide, & vous n'ofiez le croire ;
Votre amour incertain, foupçonnoit un forfait ;
   De fon cœur vous cherchiez la route.
Que l'on donne de foins à payer ce fecret !
Ah ! Califto ! le mien fçait tout ce qu'il en coûte.

  A ces foins inquiets un jour abandonné,
   Rêvant dans l'ombre d'un bocage,
   Où je m'occupois de Daphné :
« Hélas ! difois-je, hélas ! fi l'objet qui m'engage
» Brûloit du même feu dont je fuis confumé ;
   » De tous les Bergers du village
   » Si le plus tendre étoit aimé,
   » Daphné m'aimeroit fans partage.
   » Si j'en dois croire fes ferments. . . .
» Mais les cœurs font légers, on jure comme on aime,
   » Il eft de perfides Amants ;
   » Et Daphné peut l'être de même.
» Le fragile rofeau ne brave point les vents ;
» Le vent des paffions frappe comme l'orage
   » Qui brife le cèdre orgueilleux ;

» Le cèdre, & le roseau, luttent sans avantage :
» Les roseaux, & les cœurs, sont fragiles tous deux.

» De la jeune Daphné si c'étoit là l'image ?...

Pressé de tant de soins, je m'arrête à ces mots ;
Sous un feuillage épais une molle fougère
　　　　M'invite aux douceurs du repos,
Et le Dieu du sommeil de ses divins pavots
　　　　A déjà couvert ma paupière.
Dans un songe charmant dont je suis agité,
Je vois un Temple ouvert, je le prends pour Cythère,
Je ne vis point l'Amour ; mais plus d'une Beauté,
　　　　Qu'il eût pu prendre pour sa mère,
　　　　Fixa ma curiosité.
Par la foule entraîné, je perce au sanctuaire ;
Car un peuple nombreux s'offroit de toutes parts :
Un de nos demi-Dieux y frappe mes regards.

Vous voyez, me dit-on, ce Galant à lunette ;
Ses services, son âge, ont marqué sa retraite :
(Le myrte ne ceint point un front à cheveux blancs.)
　　　　Chéri de son Prince, & des Belles,

Heureux aux champs de Mars comme au fond des ruelles,
  Il fut le héros de son temps.
Cypris ranime encor ses mourantes prunelles ;
Un feu prêt à s'éteindre est-il sans étincelles ?
  Il vient au temple chaque jour
Rechauffer ses glaçons au flambeau de l'Amour.

  L'essain volatil & frivole,
Qui papillonne au loin avec ces airs bruyans,
Colifichets titrés, qu'on appelle les Grands ;
  De nos Belles voilà l'idole :
  Avec des travers, des excès,
On réunit, comme eux, ce qui fait les succès.

  Je vis Chloé ; son front superbe
  S'offroit au loin, comme le lys
Qui sort du sein des fleurs qui se cachent sous l'herbe :
  Mes regards furent éblouis.
Le feu des diamans qui brilloient sur sa tête,
  Sur elle fixa tous les yeux :
  J'ai vu les autels de nos Dieux
Moins richement parés au plus grand jour de Fête.
Brûlant d'offrir l'encens à la Divinité,
Dans la foule, où déjà je cherchois un passage,

Tout-à-coup je fus arrêté.

Jeune fou, me dit-on, écoute, & fois plus fage :
  Chloé mérite ton hommage,
  Nous le devons à la beauté ;
  Mais fçais-tu que fans l'or du Tage
L'amour fincère ici n'eft jamais écouté ?
L'or eft la clef des cœurs, il foumet la plus fière :
  Plutus connoît peu les rigueurs ;
  Et çe n'eft qu'en ftyle d'affaire,
Qu'on vient près de Chloé foupirer fes ardeurs.
Vois cet effain d'Amants qui volent fur fes traces :
  C'eft Cypris au temple des Graces,
Qui raffemble l'Olympe, & fixe tous les Dieux :
Un regard de Chloé fait un peuple d'heureux.

  Comme un ruiffeau dans fon paffage,
  Par la rapidité des flots,
  Couvre le cryftal de fes eaux,
  Des fleurs qui bordent fon rivage ;
  Et loin du lit qu'il a quitté,
  Avec le limon qu'il entraîne,
  Va porter au fein de la plaine
  La vie & la fécondité ;

         Chloé

Chloé des Amants qu'elle engage
Reçoit le tribut tour-à-tour,
Et pare fon front chaque jour
Du produit de leur fol hommage.
Voyez comme fon art, diftillant fes poifons,
Ici d'un cœur jaloux arrête les foupçons ;
Là, rejettant mes foins, elle cherche les vôtres
En fecret dit du mal des uns,
A ceux-ci parle mal des autres,
Et les careffe tous fans en aimer aucuns.

Tantôt prude, tantôt légère,
Sous mille afpects divers elle s'offre à vos yeux,
Et pour fubjuguer tout épuifant l'art de plaire,
Dans un timide cœur, par un ris gracieux,
Quelquefois de l'Amour elle anime les feux :
Tantôt par un regard févère,
Elle écarte un fâcheux, arrête un téméraire :
Senfible & fière tour-à-tour,
Tantôt fe fait aimer, & tantôt fe fait craindre ;
Allumant d'une main le flambeau de l'Amour,
Lorfque de l'autre main elle cherche à l'éteindre.

Si Chloé, cependant, connoît les trahifons ;
Si fon fexe eft perfide, eft-ce à nous de nous plaindre ?

N

Ce n'eſt qu'à nos efforts , qu'à nos ſéductions,

> Que ce ſexe doit l'art de feindre.

> Le Ciel le fit pour nous aimer :

> On mit ſa gloire à l'enflammer ;

> Et l'on oſa lui faire un crime

> Des feux dont on le vit brûler ! . . .

Alors, pour nous cacher un penchant légitime ,

> Il apprit à diſſimuler.

> Il n'eut de la feinte au parjure

> Qu'un court chemin à parcourir,

> Le cœur lui parla de jouir ;

> Ce doux beſoin de la nature

> Fit naître celui de trahir.

> La honte attachée au plaiſir

> Fut la mère de l'impoſture ;

Et ce fut pour tromper qu'il apprit à rougir.

Des feux de l'âge d'or , nous n'offrons plus d'exemple :

> L'homme à ſa honte en doit l'aveu.

> Quand on a renverſé le Temple ,

> On n'en adore plus le Dieu.

> L'erreur des paſſions entraîne

> Celle des eſprits, & des cœurs.

> L'Amour tient à la même chaîne ;

Le sentiment s'éteint quand il n'est plus de mœurs.

Chloé n'eut pas moins d'artifices
Que vos yeux lui trouvent d'appas :
On connoissoit l'écueil, on ne l'évitoit pas ;
Un seul de ses attraits effaçoit tous ses vices.
Fautes, travers, frivolité,
Excès, voilà le sort de l'homme ;
Ami de ses erreurs, il s'attache au fantôme,
Et laisse la réalité.

Il est un point de vérité ;
Le véritable amour est enfant de l'estime,
L'honneur qui le fait naître ennoblit nos penchans :
L'amour inspiré par les sens,
N'est qu'un vice du cœur, ses plaisirs sont un crime.
Jeune homme, c'est cette maxime
Qui doit régler vos sentimens :
Ce qu'on perd en plaisirs, on le gagne en sagesse ;
Epargnons à notre vieillesse
L'inutile remords de la réflexion :
Ce qu'on dérobe à sa foiblesse
Tourne au profit de la raison.
On s'applaudit au dernier âge,

Du foin qu'on a pris de vieillir ;
C'eſt trop payer pour être ſage,
Quand il en coûte un repentir.

Clidamon, à ces mots, me laiſſa réfléchir,
  Et ſe hâta de diſparoître ;
Dans un lieu ſolitaire, occupé de ce ſoin,
Je le cherchai long-temps, ſans le voir reparoître,
    J'y croyois être ſans témoin ;
    Quand dans les bras de Roſalide,
    Non loin j'apperçois un enfant ;
Dejeux & de plaiſirs, la jeuneſſe eſt avide,
 Is folâtroient tous deux ; de ce couple charmant,
Je brûle d'approcher, mais cet âge eſt timide,
Ils pouvoient s'effrayer. . . . j'approche cependant !
C'étoit l'Amour lui-même ; à ſes traits, à ſes armes,
Il ſe fit reconnoître ; ou plutôt à ſes charmes :
    Il effaçoit le plus beau jour.
Je le pris pour Daphné ; mais je flatte l'Amour :
C'eſt le plus beau des Dieux ; elle eſt plus belle encore :
    L'Amour le ſçait ; Daphné l'ignore ;
    Et l'ignorer, c'eſt s'embellir.

J'avois à ſes regards deſiré de m'offrir,

Mais il ne venoit point, dans la foule importune
   Où j'avois cru le découvrir,
Aux pieds de nos Plutus, encenſer la fortune ;
C'eſt avec des faveurs qu'il ſonge à s'enrichir ;
Et Roſalide alors le combloit de richeſſes.
   Qu'il accumula de tréſors !
   Je fus témoin de leurs tranſports ,
   De leurs jeux , & de leurs careſſes.
Aux ſermens qu'il lui fit , je le croyois conſtant ;
   Mais mon erreur n'eut qu'un inſtant :
(En faiſant un heureux , on fait un infidèle.)
A peine il prononçoit le dernier des ſermens ,
   Que le volage , à tire-d'aîle ,
   Aux pieds d'une beauté nouvelle
   Alla brûler un autre encens ,

   Son beau feu ne fut qu'un menſonge ,
   Qui s'éclipſa comme le ſonge
Qui depuis un moment ſe jouoit de mes ſens.
   Un cri perçant de Roſalide
   Vint m'arracher à mon ſommeil ;
   Alors j'oubliai le Perfide ,
Et revins à Daphné conſacrer mon réveil.

De ce perfide Enfant, non tu n'es pas l'image;
    Non, lui dis-je, belle Daphné,
    Ton cœur ne peut être volage.
    Ce baiser que tu m'as donné,
Ce baiser, tes fermens, j'en ai mille pour gage.
Mais tu ne réponds rien!... Serois-je soupçonné?
    Parle, Daphné, pourrois-tu croire?....
Cache donc à mes yeux les roses de ton teint,
    Ces lys qui naissent sur ton sein,
    De tes dents cache-moi l'ivoire;
    Cache ce souris gracieux;
    Daphné, marche avec moins de grace,
    Eteins le feu de tes beaux yeux,
Dérobe-moi les miens; enfin, si tu le peux,
    Montre-moi quelqu'un qui t'efface.
    Douterois-tu de ton pouvoir?
    Te soupçonnes-tu des rivales?
    On cherche encore tes égales.
    Si tu n'en crois pas ton miroir,
Tes pareilles, Daphné, sçavent bien mieux te voir.

    Mais Daphné garde le silence;
Elle rajuste un voile errant sur ses appas,

Détourne fes beaux yeux, &, loin de ma préfence,
Elle apperçoit Lyfandre & vole dans fes bras.
  Je me fouvins de Rofalide,
  Des préceptes de Clidamon :
Daphné m'avoit aimé, je la trouvai perfide.

  Califto, voici ta leçon :
  L'exemple, du fage eft le guide ;
  Il doit éclairer ta raifon.
Tes graces, ta beauté, ton âge, ta tendreffe,
  En toi tout eft fait pour charmer :
Mais, hélas ! tous les cœurs ne fçavent pas aimer;
  Et Diane eft une Déeffe.

  Connois l'Amour pour en jouir,
  Fais-le naître fans trop en prendre,
  Prends un Amant pour ton plaifir,
  Et garde-toi de t'y méprendre :
  Le cœur rarement fçait choifir.
  L'Amant qui plaît eft le plus tendre ;
  Tous deux jurent d'être conftans :
  Ce n'eft pas d'eux qu'on doit l'apprendre;
  C'eft du temps qu'il faut tout attendre,

Il prouve mieux que les fermens.

Mais, non ; tu crains peu le parjure :

On ne redoute point ce qu'on ne connoit pas ;

Tu ne connois que la nature ;

Et ton Amant a trop d'appas,

Pour être accufé d'impofture.

Tandis que de ce foin preffant

La trifte Califto s'occupoit vainement,

D'une rivale foupçonneufe

Bientôt victime malheureufe,

Elle alloit par fa main voir brifer fes liens.

Il ne faut, pour tout voir, que les yeux d'une femme ;

Diane avoit lu dans les fiens,

Elle avoit deviné fon âme ;

Et les mépris d'Endimion

De fon injurieufe flamme

Avoient confirmé le foupçon.

Rien ne peut arrêter le courroux qui l'anime :

De l'Amour on lui fait un crime,

Et c'eft lui qui va le punir.

Diane avoit-elle à choifir ?

On devine bien la Victime :

» Ton

« Ton triomphe , dit-elle , offenſe ma fierté.

» Il n'eſt plus temps de me contraindre ;

» Nymphe, pour toi tout eſt à craindre ,

» Si ton Amant m'eſt diſputé.

» Je n'ai point réſervé ma tendreſſe fatale

» A ſervir de trophée aux feux d'une rivale ;

» Qui ne ſçait ſe venger dégrade ſon pouvoir ;

» Ta victoire eſt un crime , & ma haîne un devoir. »

Livrée à l'objet qui la touche,

N'écoutant que ſon déſeſpoir ,

Elle fixe la Nymphe avec un œil farouche ,

Tantôt avec plus de douceur ;

Ainſi l'enfer eſt dans ſa bouche,

Et l'amour au fond de ſon cœur.

Tour-à-tour furieuſe & tendre ,

Elle ſuit ſon penchant , & cherche à s'en défendre :

Réſiſtant quelquefois , ou cédant au deſir ,

Ne ſachant enfin que réſoudre ;

Sa main, qui tremble de choiſir,

Prend & quitte à la fois & le myrte & la foudre.

Déguiſant , à la fin , ſous un paiſible front ,

Le dépit inquiet qui ſuit toujours l'affront ,

Près de la Nymphe elle s'avance ;

O

Et lui parle en ces mots. . . . » Ta foibleſſe m'offenſe.

« Qui ne ſçait point braver l'amour,

» Doit être pour jamais banni de ma préſence.

» Tu dois un exemple à ma Cour ;

» Nymphe, garde-toi d'y paroître.

» Je dois y regner ſeule, & n'y veux point de maître ».

L'arrêt fatal étoit porté ;

Aux peines de l'exil Caliſto condamnée ;

Par ſa rivale enfin proſcrite, abandonnée,

Seule avec ſon Amant la laiſſe en liberté.

Qué de tourmens affreux déſolèrent ſon âme !

Que de ſoins vinrent l'agiter !

Que de projets ! pour les compter,

Faut-il aimer comme elle ? ou faut-il être femme ?

Fixons plus loin nos yeux ; & laiſſons-la rêver.

Un autre objet nous intéreſſe ;

Caliſto près de nous ſçaura ſe retrouver :

Suivons les pas de la Déeſſe.

Loin des témoins & des fâcheux,

Le cher objet de ſa tendreſſe

A déjà fixé tous ſes vœux.

Plaintive Califto, tu n'as plus que tes larmes;
Contemple ton Endimion,
Avec ce carquois & ces armes,
Comme il traverfe ce vallon.
Vois comme il parcourt ces campagnes :
Oui, tes plus légères compagnes
Craindroient de défier ce nouvel Apollon.
Le fils du Roi des Dieux n'eut pas autant de graces,
Diane à peine fuit fes traces,
Et lui cède en légèreté.
Dans fon vol incertain, la Colombe timide
Fuit devant le Vautour avide
Avec moins de rapidité.

Le jour fuit cependant devant les triftes ombres
Qui tombent du fommet des monts ;
Et la nuit qui s'avance avec fes voiles fombres,
Eft prête à fe cacher au plus creux des vallons.
Alors s'offre un bois folitaire,
Afyle fait pour le myftère,
Fait pour l'Amour, & pour fes jeux ;
C'eft-là que l'auftère Diane,
Loin de l'éclat du jour, & de tout œil profane,
Seule avec fon Amant, croit dérober fes feux.

Affife à fes côtés , au bord d'une onde pure
　　　　Qui vient lui réfléchir fes traits ,
Pour éteindre des feux qu'avec peine elle endure,
Et qu'au fond de fon cœur allument tant d'attraits ;
　　　　Elle voudroit qu'un vent plus frais
Vînt d'un fouffle léger rafraîchir la nature ,
　　　　Et la verdure des forêts.
　　　　Eft-ce à lui qu'elle doit fe plaindre ?
Zéphir peut adoucir les chaleurs d'un beau jour ;
　　　　Mais les feux qu'allume l'Amour ,
　　　　C'eft à l'Amour à les éteindre.
　　　　Après d'inutiles efforts ,
Sa mourante vertu ceffe de fe contraindre ;
De fes divins appas les précieux tréfors
Sont enfin confiés à ces paifibles bords.
　　　　Cependant un regard timide ,
　　　　Erre & va chercher avec foin ,
Si l'ombre de ces bois , fi ce ruiffeau limpide ,
N'auront point recelé quelqu'indifcret témoin ;
Puis attachant fes yeux fur fon cryftal tranquille,
Sa main dans fes cheveux va placer une fleur,
Qu'elle vient de cueillir en ce champêtre afyle ;
Parure fuperflue ! ornement inutile !
Les rofes de fon teint effaçoient fa fraîcheur.

C'eſt ainſi que l'art impoſteur
Fut auſſi chez les Dieux rival de la nature.

Tranquille dans ces lieux dont l'ombre la raſſûre,
Et la dérobe à tous les yeux,
Auprès de l'objet de ſes vœux,
Elle oſe d'une main dépoſer ſa chauſſure ;
Sous un voile myſtérieux,
Où la chaſte pudeur repoſe,
De l'autre elle découvre, à côté de la roſe,
Des charmes que l'Amour ne fit que pour les Dieux ;
Et fixant ſon Amant, avec ces douces larmes
Que l'âme fait répandre à l'aſpect du bonheur,
Tantôt ſe livre avec douceur
Au plaiſir innocent de détacher ſes armes,
Plaiſir précieux pour ſon cœur !
Tantôt elle agite & dénoue
Ses cheveux ondoyans & blonds,
Tels qu'on voit les épis, au temps de leurs moiſſons ;
Et les livre aux baiſers du Zéphir qui s'y joue.

Vous reſpectiez, ſans doute, un ſpectacle ſi doux,
Nymphes de ces forêts ; & vos ondes captives
N'osèrent plus couler dans ces paiſibles rives ;
Vous vîtes ces Amans avec des yeux jaloux.

Que vous difoient vos cœurs ? ou que leur difiez-vous ?

Vous vîtes la tendre Déeffe

De fes chaftes appas prodiguant les tréfors,

Et n'écoutant que fon ivreffe,

Dans les bras d'un mortel, appeller des tranfports

Qu'elle attendoit de fa jeuneffe;

Vos yeux furent témoins comme en ces doux momens

Cette Reine des bois, autrefois fi farouche,

Serroit, dans fes embraffemens,

Le moins fenfible des Amans;

Colloit fa bouche fur fa bouche,

Et couvroit tout fon corps de fes baifers brûlans.

Mais que vois-je ? fermez vos urnes bouillonnantes,

Divinités de ces ruiffeaux;

Et que vos ondes écumantes

Baignent plus doucement le pied de ces ormeaux :

Un bruit majeftueux, qui vient fe faire entendre,

Annonce fur ces bords les habitans des Cieux :

Une douce ambrofie a parfumé ces lieux;

C'eft l'Olympe qui va defcendre;

Faunes, tremblez, voilà les Dieux.

C'eft Cypris qui marche à leur tête,

Et conduit la célefte Cour :

Nuit, coulez lentement ; & toi, Soleil , arrête,
L'éclat de tes rayons bleffe le tendre Amour;
Le flambeau du plaifir vient éclairer la Fête.

Cypris , qui n'attendoit que cet heureux moment,
(Car c'eft pour tous les cœurs que la vengeance eft belle)
    Non loin de ce couple charmant
Déjà guide les pas de la troupe immortelle :
Tous les bords du baffin font gardés avec foin :
    A travers l'ombre du feuillage,
Où nos heureux Amans fe croyoient fans témoin,
On cherche, à petit bruit, à s'ouvrir un paffage :
Les Dieux ont vu leurs jeux ; ils n'ofent les troubler.
    Il femble que le cœur partage
    Ce que l'œil aime à contempler,
Et l'on touche au bonheur, quand on en voit l'image.

Dans fes bras enlacés ferrant Endimion ,
    Alors la fenfible Déeffe
Aux defirs de fon cœur fe livroit fans foupçon ;
    Le feul objet de fa tendreffe
    Enchaîne & captive fes fens ;
Sexe charmant , hélas ! qui peut te méconnoître ?
Formé pour le bonheur & pour le faire naître,

Tu ne perds jamais les inftans.

C'eft alors que Cypris s'avance ;
Son fils eft fur fes pas ; de l'enfant indifcret
Elle calme l'impatience ,
Les Dieux font près d'elle en filence ;
Un jour myftérieux éclaire le bofquet.
Zéphire eft attentif , il retient fon haleine ,
On n'ofe fe parler , & l'on refpire à peine ;
Et déjà Califto , qui ne s'éloignoit pas ,
Pourfuivant fon Amant à travers les campagnes ,
A la foule des Dieux avoit joint fes Compagnes ,
Qu'un defir curieux attachoit à leurs pas.
Elle approche avec eux de la fatale rive :
Tous les yeux font impatiens ;
On porte en tous les lieux une vue attentive.

Non loin , près d'un carquois , un arc , des vêtemens
S'étoient offerts dans l'ombre , épars fur la fougère :
Mais rien n'annonce encor cette beauté fi fière ,
Et l'on craint d'écouter des foupçons offenfans ;
Il faut qu'un jour plus fûr dévoile le myftère.

Tandis que ces foins curieux

Occupent

Occupent les regards des Nymphes & des Dieux,
    Les rayons d'un faisceau d'étoiles
A la voix de Cypris, percent les sombres voiles
    Dont la nuit couvroit le vallon.
Et son fils attentif à leur clarté funeste,
    Entre les bras d'Endimion,
Découvre sa victime à la troupe céleste.

    Que devient la Déesse en ce moment affreux ?
Tous ses sens sont troublés : interdite, confuse,
    Elle en croit à peine ses yeux:
Quoi ! seroit-ce, dit-elle, un songe qui m'abuse ?
C'est, sans doute, une erreur, répond le jeune Amour,
De cet air de héros, qui sied dans la victoire.
    » Non, Diane ;... & je n'ose croire
    » A la gloire d'un si beau jour.
    « Aurois-je quelques nouveaux charmes ?
    » N'auriez-vous plus les mêmes yeux » ?

    A ce discours injurieux,
Une foible mortelle a recours à ses larmes:
    Mais la vengeance est pour les Dieux.
Elle cherche à punir un complot odieux ;
O surprise ! ô douleur !... au même instant ses armes

                 P

Se changent dans ſes mains en un myrte amoureux.
Inutile pouvoir ! O Cypris ! ô foibleſſe ! ;
   Incertaine , en proie aux remords ,
Quand Diane veut fuir , l'implacable Déeſſe
Met le comble à ſa honte , & rit de ſes efforts.

   C'eſt ainſi que l'oiſeau timide,
Attiré par le ſon d'un pipeau ſéducteur ,
   Se confie à l'appât perfide ,
Qui dérobe à ſes yeux le piège deſtructeur ;
Et lorſqu'il veut briſer le lien qui l'engage ,
Alors ſes compagnons , échappés au malheur ,
Sur le rameau voiſin , ſemblent par leur ramage,
   Loin de ſon cruel Raviſſeur,
   Inſulter à ſon eſclavage.
En dépit du pouvoir qu'elle reçut des Cieux ,
Livrée aux traits vengeurs du plus jeune des Dieux ,
Celle par qui la Nymphe au Dieu Pan échappée
N'oppoſe à ſes tranſports que de triſtes rameaux ,
   Celle par qui le tendre Alphée
Ne preſſa ſur ſon ſein que d'inſenſibles flots ,
Celle qu'on vit enfin , d'une main attentive ,
   Sauver l'innocente pudeur ,
   Protéger la vertu craintive ,

Ne peut fe dérober à la fatale rive,
    Où fon redoutable vainqueur,
En dépit du beau feu dont elle eft confumée,
Vient rendre à fon Amant une rivale aimée,
Qui jouit de fa honte & de fon déshonneur.

    Alors l'enfant de Gnide, enivré de fa gloire,
Fait retentir les bois du bruit de fa victoire ;
    Près de lui les Faunes en chœurs,
Par mille chants divers célèbrent fa conquête ;
    Ils chantent la Reine des cœurs,
    Et la Dryade eft à leur tête.
    Silène fe pare de fleurs,
Et fur les pas d'Eglé vient partager la fête.
La fière Califto, par la main des Plaifirs,
Sous des Berceaux de myrte élevés par les Graces,
Vient s'unir à l'objet de fes plus chers defirs ;
    La jeune Hébé, qui fuit leur traces,
A raffemblé les Ris, & fe mêle à leurs jeux ;
    Cypris, de rofes couronnée,
Sur un grouppe d'Amours, s'élève au milieu d'eux :
    Diane, à fon Trône enchaînée,
    S'oublie, & fe laiffe enflammer.
    De l'Amour tout reffent les charmes,

Les Nymphes ont brifé leurs armes,
Et l'infenfible vient d'aimer.

Qui cherche à tout fçavoir, aifément tout répète :
De fes droits Echo dut jouir;
Elle brûla d'être indifcrette,
Pour une fois encore elle en eut le plaifir.
On n'entendit alors, fous la voûte azurée,
Que les chants redoublés, dont la célefte Cour
Célébroit à l'envi la gloire de l'Amour.
Sous le poids des grandeurs, les Dieux, dans l'Empyrée,
Etoient tels qu'ici-bas, font nos Dieux d'aujourd'hui;
Et fans quelqu'aventure, ou profane, ou facrée,
Au fond de leur Olympe, ils feroient morts d'ennui.
Le foin d'épouvanter la terre,
Ou de punir des malheureux,
N'occupoit pas toujours le Monarque des Cieux;
Il laiffa quelquefois repofer fon tonnerre.
Ce n'eft qu'à des bienfaits qu'on reconnoit des Dieux,
Ou qu'on doit du moins les connoître;
Tantôt ils faifoient des heureux,
Et tantôt ils fongeoient à l'être.

Combien de fois le bon Jupin,

Pour une tendre fantaifie,
Sous le plus fimple toit, parmi des flots de vin,
Prenant le droit de bourgeoifie,
N'oublia-t-il pas fa Junon,
Son nectar & fon ambroifie,
Et fouvent même fa raifon ?
Des plaifirs innocens la grandeur eft amie,
Il prenoit avec nous l'humaine bonhommie ;
(Ce mot convient à la gaité.)
Près du Berger, fous la chaumière,
S'il venoit dépofer fon immortalité ;
Quelques baifers de la Bergère
Lui rendoient fa divinité.
C'eft le plaifir qui fait les Trônes,
Non l'éclat de la Majefté ;
Qu'eft-ce qu'un Sceptre & des Couronnes,
Sans les fleurs qu'y joint la Beauté ?

Vénus depuis long-temps jouiffoit de fa gloire,
Et tout dans ce moment parut la refpecter ;
La nuit, témoin de fa victoire,
S'oublioit dans fa courfe, & fembloit s'arrêter ;
Quand le volage Amant de la jeune Clytie,
Aux rayons importuns dont il dora les Cieux,

Eclaira le boccage où la trifte Dèlie (*)

  Etoit en proie à tous les yeux.

  Le Dieu de l'amoureux myftère

  S'afflige des rayons du jour :

  L'éclat de leur vive lumière

  Difperfa la célefte Cour.

  Cypris revola vers Cythère ;

  Son fils, d'humeur toujours légère,

  Fuyant le repos des loifirs,

  Alla, loin des yeux de fa mere,

  Chercher quelques nouveaux plaifirs,

  Ou quelques nouveaux maux à faire.

  Sans arc, fans fléches, fans carquois,

N'emportant que l'ennui qui dévoroit fon âme ;

  Diane, dans l'ombre des bois,

Seule alla fe livrer au malheur de fa flamme :

  Tandis qu'au comble de fes vœux,

  Près de l'objet de fa tendreffe,

  Preffé du befoin d'être heureux,

Le tendre Endimion, dans une douce ivreffe,

Oubliant fes malheurs, fon antre & la Déeffe,

Ne fongeoit qu'à venger le plus jeune des Dieux.

_____

(*) Surnom de Diane.

Braver le Ciel est une offense.
Califto rempliſſoit les décrets éternels,
    Et prenoit à cœur la vengeance,
    Par reſpect pour les immortels.

  On dit qu'en ce boccage, on voit encor un Temple
Où, depuis ce grand jour, les Bergers d'alentour
    Vinrent en foule, à leur exemple,
    Offrir leur encens à l'Amour.
    Ce Dieu n'y vit point de cruelle,
Et tous les cœurs voloient au-devant de ſes traits:
    Mais il fit plus d'une infidelle;
Et ſans avoir aimé, l'on n'en ſortit jamais.

    Ne pourrai-je, belle Thémire,
Dans ce temple ſacré ſuivre un moment tes pas;
    T'inſpirer un tendre délire,
    Et m'y livrer entre tes bras?
    Quand je te parle de tendreſſe,
    Tu rougis; ce mot ſeul te bleſſe:
    Tu me dis d'en parler plus bas:
    Timandre t'en parle ſans ceſſe,
    Et tu ne l'en empêches pas.
    En amour que peut-il t'apprendre?

Il n'a rien appris que de toi.
Si tu confultois le plus tendre,
Tu n'apprendrois rien que de moi.

Vivre fans toi !.... fans toi, Thémire !
Non ; je tremble à ce mot, & je n'y puis fonger :
On ne fuit point ce qu'on defire :
Le Dieu qui caufa mon martyre
Peut prendre quelque jour le foin de me venger.

Quand je viens lui tracer les plaifirs d'un cœur tendre,
Thémire, à ce portrait, toujours prête à trembler,
N'en parle que pour fe défendre :
Mais Thélamis n'a dû le befoin de fe rendre,
Qu'à l'habitude d'en parler.
On n'en parle que pour l'apprendre.

Attentive à la voix d'une auftère pudeur,
L'infenfible, que rien ne touche,
Sur ce redoutable Enchanteur,
Ne porte en vain qu'un œil farouche,
Ne le nomme qu'avec frayeur :
Lorfque le mot eft fur fa bouche,
Le Dieu n'eft pas loin de fon cœur.

Le

Le befoin d'être heureux, eft le cri de l'enfance :
    Nous fommes nés pour le bonheur,
    Et c'eft l'Amour qui le commence.
Les rofes du matin naiffent pour lés zéphirs,
    Pour eux feuls il les fait éclore :
    L'Amour veille fur notre aurore;
    C'eft pour lui nos premiers defirs;
    L'homme, avide de fe connoître,
    Le demande par des foupirs ;
    Le fentiment marque fon être ;
    Le cœur le doit à fes plaifirs.
Pour les indifférens, il n'eft point d'exiftence.
    Sur les ténèbres de l'enfance,
A peine ce rayon de la Divinité,
La raifon, fait briller fa première clarté ;
Un defir inquiet s'empare de fon âme :
Tantôt l'ennui le glace, ou le bonheur l'enflamme;
Tantôt il eft tranquille, & tantôt agité.
Il pleure fans fujet, fe réjouit de même,
Indifférent à tout, ou brûlé de defirs :
    Tantôt il hait, tantôt il aime,
Et fe plaît dans fa peine, en cherchant les plaifirs.

    La trifte Thélamis évite fes compagnes,

Q

Laiffe fon chien, fuit les campagnes,

Et va rêver au fond des bois ;

Ce n'eft plus Thélamis, cette jeune Bergère,

Celle que l'on vit autrefois,

Chantant, cueillant des fleurs, danfant fur la fougère.

Un Dieu l'appelle à d'autres jeux ;

Tout change en un moment pour elle,

Tout va prendre à fes yeux une forme nouvelle,

Elle va s'occuper d'un foin plus férieux.

Déjà fa main, moins innocente,

Néglige avec art le mouchoir,

Qui couvre une gorge naiffante

Qu'elle craint de cacher, & n'ofe laiffer voir :

Sa démarche eft plus apprêtée,

Son fourire.eft plus gracieux,

Et fa voix eft plus empruntée.

Une tendre langueur adoucit fes beaux yeux.

Autrefois la fimple nature

Veilla fur fes attraits, & forma fa parure :

Plus foigneufe de fes appas,

Elle veut qu'une onde fidelle,

A chaque inftant du jour, lui dife qu'elle eft belle,

Et tremble de ne l'être pas :

Toujours on craint quand on defire.

Ainfi, dans l'âge de charmer,
S'annonce ce penchant que la nature infpire,
Ce feu qu'Amour doit allumer.
Le plaifir d'être belle, & de l'entendre dire,
Touche à celui de s'enflammer;
Et qui cherche l'art de féduire,
N'eft pas loin du befoin d'aimer.

Songez à vous, belle Thémire,
Fuyez l'affreux tourment de toujours defirer;
Prenez de l'amour, foyez tendre:
Quand on fçait fi bien l'infpirer,
C'eft un crime de n'en point prendre.

Et vous, jeunes Beautés, qui craignez de vous rendre,
Vous qui d'un doux efpoir amufez nos defirs:
Diane vient de vous l'apprendre,
Vous vous devez à nos foupirs.
Le temps qu'on donne à fe défendre
Ne doit être que l'art de doubler vos plaifirs.

F I N.

APPROBATION.

J'AI lû par ordre de Monseigneur le Chancelier, un Manuscrit intitulé : *les Bains de Diane,* ou *le Triomphe de l'Amour*, Poëme ; & je n'ai rien trouvé qui puisse en empêcher l'impression. A Paris, ce 17 Juillet 1769.

Signé, D'HERMILLY, *Censeur Royal.*

PRIVILÉGE DU ROI.

LOUIS, PAR LA GRACE DE DIEU, ROI DE FRANCE ET DE NAVARRE : A nos amés & féaux Conseillers, les Gens tenans nos Cours de Parlement, Maîtres des Requêtes ordinaires de notre Hôtel, Grand-Conseil, Prévôt de Paris, Baillifs, Sénéchaux, leurs Lieutenans Civils, & autres nos Justiciers qu'il appartiendra, SALUT : Notre amé le Sieur J. P. COSTARD, Libraire, Nous a fait exposer qu'il désireroit faire imprimer & donner au Public un Ouvrage intitulé : *Les Bains de Diane*, Poëme, s'il nous plaisoit lui accorder nos Lettres de Permission pour ce nécessaires. A CES CAUSES, voulant favorablement traiter l'Exposant, Nous lui avons permis & permettons, par ces Présentes, de faire imprimer ledit Ouvrage autant de fois que bon lui semblera, & de le faire vendre & débiter par tout notre

Royaume pendant le tems de trois années confécutives, à compter du jour de la date des Préfentes. FAISONS défenfes à tous Imprimeurs , Libraires , & autres perfonnes, de quelque qualité & condition qu'elles foient , d'en introduire d'impreffion étrangere dans aucun lieu de notre obéiffance. A LA CHARGE que ces Préfentes feront enregiftrées tout au long fur le regiftre de la Communauté des Imprimeurs & Libraires de Paris , dans trois mois de la date d'icelles , que l'impreffion dudit Ouvrage fera faite dans notre Royaume , & non ailleurs, en bon papier & beaux caractères ; que l'Impétrant fe conformera en tout aux Réglemens de la Librairie , & notamment à celui du 10 Avril 1725 , à peine de déchéance de la préfente Permiffion : qu'avant de l'expofer en vente , le Manufcrit qui aura fervi de copie à l'impreffion dudit Ouvrage , fera remis dans le même état où l'Approbation y aura été donnée , ès mains de notre très-cher & féal Chevalier , Chancelier Garde-des-Sceaux de France , le Sieur DE MAUPEOU : qu'il en fera enfuite remis deux Exemplaires dans notre Bibliothèque publique , un dans celle de notre Château du Louvre , & un dans celle dudit Sieur DE MAUPEOU : le tout à peine de nullité des Préfentes. DU CONTENU defquelles Vous MANDONS & enjoignons de faire jouir ledit Expofant & fes ayant caufes pleinement & paifiblement , fans fouffrir qu'il leur foit fait aucun trouble ou empêchement. VOULONS qu'à la copie des Préfentes , qui fera imprimée tout au long au commencement ou à la fin dudit Ouvrage , foi foit ajoûtée comme à l'original. COMMANDONS au premier notre Huiffier ou Sergent fut ce requis, de faire pour l'exécution d'icelles tous actes requis & néceffaires , fans demander autre permiffion, & nonobftant clameur de haro, charte Normande , & Lettres à ce contraires : Car tel eft notre plaifir. DONNÉ à Compiegne le deuxième jour du mois d'Août l'an mil fept cent foixante-neuf, & de notre régne le cinquante-quatrième.

Par le Roi en fon Confeil, LE BEGUE.

Regiftré fur le Regiftre XVII de la Chambre Royale & Syndicale des Libraires & Imprimeurs de Paris, nº. 645. fol. 721. conformément au Réglement de 1723. A Paris, ce 12 Août 1769. BRIASSON.

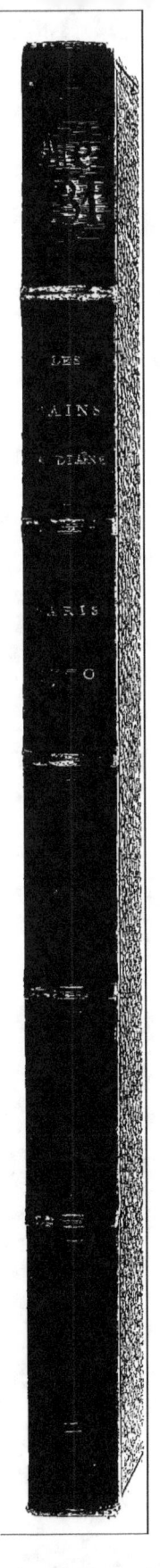